저는 측면이 좀 더 낫습니다만

저는 측면이
좀 더 낫습니다만

하
완

경로를 이탈하겠습니다

'정면 승부'는 하지 않는 편이다. 승부를 겨뤄야 할 일이 있으면 항상 피하는 방식으로 살아왔다. 비겁하다고도 볼 수 있지만, 나는 그것을 '측면 돌파'라고 불렀다. 싸움이 싫고 경쟁이 싫다. 하긴 뭐 누군들 좋아서 하겠나. 대한민국에서 나고 자란 이상 경쟁하지 않고 살기란 쉽지 않다. 학창 시절 내내 우리는 경쟁을 배운다. 순위를 매기고 비교하고 승패를 가르는 것이 자연스러운 생활방식으로 자리 잡는다. 그건 학교를 벗어나서도 마찬가지. 이런 사회적 분위기 속에서 살다 보니 나 역시 경쟁해야 했다. 때론 작은 승리를 맛보기도 했지만, 살면서 줄곧 느껴온 지배적인 감정은 패배감이었다. 나보다 잘난 사람은 너무 많으니까. 남들과의 비교는 끝이 없으니까. 그래서 난 이기고 지는 것과 상관없는 삶을 살기로 했다. 그렇게 트랙을 벗어나 경로를 이탈했다.

경쟁을 피하면 주류의 삶에서 멀어진 비주류의 삶을 살게 된다. 모두가 선망하는 곳엔 사람이 많이 몰리는 게 당연하고 경쟁이 치열할 수밖에 없다. 그러니까 경쟁을 피한다는 건 인기가 없는, 사람들이 잘 안 가는, 불확실하고 불안정한 길을 간다는 뜻이다. 그런데 나는 이 선택이 더 합리적이라는 생각을 했다. 한 명을 뽑는데 수백 명이 몰리는 그런 경쟁에서 내가 살아남을 수 있을까? 필연적으로 수백 명의 패배자가 생기는 그 경주에서 최후의 1인이 될 확률은? 너무 낮다. (이래 봬도 나 꽤 계산적인 사람이다.) 그런 낮은 확률에 내 인생을 거는 것보단 나만의 길을 개척하는 것이 더 낫지 않은가. 세상이 정해놓은 기준에 맞추려 하기보다는 내가 잘할 수 있고 하고 싶은 일을 하는 것이 더 매력적으로 보였다.

물론 이쪽의 삶이 쉽다고는 말하기 어렵다. 앞서 말한 대로 불확실하고 불안정하다. 하지만 경쟁하는 삶도 힘들긴 마찬가지. 따지고 보면 나는 주류가 되고 싶었던 것도, 승자가 되고 싶었던 것도 아니었다. 그저 내 몫의 밥벌이를 하며 즐겁게 살고 싶었던 것뿐. 그리고 지금 나는 충분히 그렇게 잘 살고 있다.

지금 내가 하고 있는 일러스트레이터라는 본업도 본질적으로 수많은 다른 작가와 경쟁하는 것이 아니냐 반문할 수 있다. 뭐 그렇게 볼 수도 있지만 조금 차이가 있다. 그림은 정해진 기준과 룰을 가지고 우열을 가리는 경쟁이 아니다. 이 일에서 경쟁력이 있으려면 남들과는 달라야 한다. 자기만의 색깔과 스타일이 있어야 한다. 즉 각자의 개성을 뽐내는 것이 경쟁이라면 경쟁이다. 다른 사람과 같아지려고 하기보단 내가 가진 개성에 집중하고 그것을 발전시켜 나가는 게 내 일의 특징이다.

그러다 보니 삶에 대해서도 같은 시각을 가지게 되었다. 흔히 인생을 스포츠에 비유하곤 하는데 내 생각에 인생은 승부를 겨루는 스포츠가 아니다. 인생은 고유한 자기만의 이야기를 써내려가는 창작에 더 가깝다. 그러니 내 삶이 다른 사람과 다르다고 불안해할 필요는 없지 않을까? 그건 잘못된 것이 아니라 개성이다. 아마 나는 나 자신에게 이 말을 해주고 싶어서 이 책을 쓴 것 같다. 모쪼록 여러분과 비슷한 듯 다른 이 이야기를 재미있게 즐겨주시면 좋겠다.

정면은 망했지만
괜찮은 측면이 있기에

사람들은 내 책을 어떻게 생각할까. 첫 에세이가 출간되고 매일 책 제목을 검색했다. 신기하고 감사한 일이었다. 쫄딱 망할 줄 알았던 책에 이렇게 많은 사람이 공감할 줄이야.

물론 공감만 있는 건 아니었다. 욕도 좀 먹었다. 내 글에 쏟아지는 비난을 종합해보면 '찌질한 루저의 자기합리화' 정도로 정리할 수 있겠다. 그 나이 먹도록 이룬 것이 없으면 더 노력할 생각을 해야지 한가롭게 맥주나 마시며 행복을 논하다니…… 대충 그런 얘기들이었다. 비난이 즐거울 리 없다. 하지만 딱히 틀린 말은 아니라 반박도 못하겠고 우울한 마음으로 리뷰를 읽다가 번뜩, 몰랐던 사실 하나를 깨달았다.

나는 '자기합리화'에 꽤 재능이 있었다. 그들 말대로라면 자기합리화하는 책으로 돈을 번 게 아닌가. 이건 분명한 재능이다. 그토록 찾아 헤매던 내 재능을 이제야 찾다니, 야호! 그런 이유로, 이번엔 그 재능에 대해 써보기로 한다.

언젠가 한 결혼정보회사의 등급표가 논란이 되었다. 외모, 학력, 집안, 직업, 경제력 등을 종합해 회원들에게 등급을 매겼기 때문이다. 사람이 한우도 아니고 등급이라니 쩝. 그런데⋯⋯ 문득 궁금해졌다. 나는 몇 등급?

아아, 궁금해하지 말았어야 했다. 혹시 인터넷에 돌아다니는 등급표를 찾아볼 생각이라면 말리고 싶다. 십중팔구 우울해질 테니. 참고로 나는 가장 낮은 등급에도 들지 못하는 '등급 외 인간'이었다. 충격이었다. 높지 않을 거라 예상은 했지만 이 정도일 줄은. 결혼정보회사에 가입할 일은 앞으로도 영원히 없을 것이어서 이런 등급 따위 가볍게 무시해도 되지만 뭐랄까, 마치 인생 성적표를 받아 든 기분이었다. 낙제다.

특히 이성에게 어필하는 순위에서 멀리 밀려나 있다는 사실은 나를 한없이 우울하게 만들었다. 어렴풋이 알고는 있었지만 이로써 분명해졌다. 나는 결혼을 안 하는 게 아니라 못하는 거였어. 에잇, 살아서 뭐 하냐!

하지만 나는 살아 있다. 그것도 아주 즐겁게. 그게 가능한 건 자기합리화 덕이다. 자기합리화가 아니었다면 진작 죽은 목숨이었을 거다. 죽진 않더라도 죽지 못해 살고 있겠지. 객관적인 시선으로만 내 삶을 바라봤다면 견디기 힘들었을 것 같다. 절망 속에 매일 술을 퍼마시거나 어떻게든 순위를 올려보려 이를 악물고 살고 있지 않을까. 뭐가 됐든 즐겁지 않다. 한 번뿐인 인생인데 그런 마음으로 산다면 너무 아깝다. 이왕이면 즐겁게 사는 게 낫다. 물론 즐겁게 살지 않고 패배감에 절어 살아도 된다. 그건 개인의 자유니까.

"이 자식, 또 행복회로 가동했네."

누군가는 비아냥거린다. 내 인생 내가 즐겁게 살겠다는데 보태준 것도 없으면서 뭐가 또 불편하신 건지.

아마 순위가 낮으면 고통 속에 살아야 한다고 믿는 모양이다. 나같이 하찮은 놈이 즐겁게 사는 꼴이 보기 싫은 것일 테다. 그런 사람에겐 이런 말을 해주고 싶다. 너나 실컷 그렇게 살아라. 조금의 자기합리화도 허락하지 말고 네 인생을 똑바로 마주해라. 그리고 절망해라.

무분별한 자기합리화는 인생 말아먹는 지름길이지만 적당한 자기합리화는 인생을 조금 더 맛깔나게 하는 MSG다. 자기합리화는 괴로운 현실 속에서도 무너지지 않고 살아가게 해주는 최후의 보루다. 한쪽 면이 아닌 다양한 면을 비추는 거울이기도 하다. 그러니까 너무 객관적으로만 살지 말고 조금은 자기합리화도 하면서 살았으면 좋겠다. 어쩌면 우리는 그걸 못해서 많이 괴로운 것인지도 모른다.

'객관'이라는 단어는 내가 아닌 제삼자의 시선을 뜻한다. 객관적으로 삶을 바라본다는 것은 즉 남의 기준으로 본다는 말이 된다. 물론 객관적인 관점은 필요하다. 하지만 그런 시선에 갇히면 주체적으로 살지 못하고 남에게 끌려다닐 가능성이 크다. 진짜 내가 원하는 삶이 아닌 남들의 기준에 맞추는 삶, 남들 보기에 그럴듯한 삶을 좇는 허망한 인생이 되고 만다. 그런 인생은 충분히 살았다. 앞으로의 인생만큼은 주관적이어도 괜찮지 않을까. 자기만의 기준과 관점으로. 그게 없으면 나와 상관없는 결혼정보회사의 등급표에도 좌절하고 흔들리게 된다.

그나저나 내 책에 대한 부정적인 리뷰보다 긍정적인 리뷰가 훨씬 많은데도 불구하고 마음에 오래도록 남는 건 부정적인 말들이었다. 긍정의 언어는 부드럽고 부정의 언어는 뾰족한 탓이다. 뾰족한 말들은 상처를 남기니까. 무엇보다 악의에 찬 말들은 강한 에너지를 가지고 있다. 본인들은 가볍게 던졌을지 몰라도 한 사람을 뒤흔들고 파괴하기에 충분하다. 그래서 리뷰나 기사 읽는 짓을 끊었다. 더는 내 이름이나 책 제목을 검색하지 않는다.

아무리 많은 공감과 호의와 응원이 있어도 나쁜 것만 눈에 들어와 박힌다. 우리가 즐겁게 살지 못하는 이유도 그와 비슷한 것은 아닐까. 수많은 긍정적

신호와 증거가 있음에도 부정적인 말들과 평가가 우리의 눈을 멀게 하기 때문에. 어둠의 힘은 강력하다. 그래서 비관하며 사는 것이 좀 더 쉽다.

그러니까 지금부터 우리가 하려는 건 매우 노력이 필요한 일이다. 내 삶의 긍정적인 면을 보아내고 즐겁게 사는 일. 그 어려운 걸 우리가 해낼 것이라 믿는다.

차례

측면의
재발견

또 쓸데없는 생각을 하고 말았습니다

중학 시절, 옆자리 친구의 얼굴을 그리는 수업이 있었다. 얼굴의 특징을 잘 잡아내 그림만 보고도 누구인지 알 수 있도록 표현하면 되는 아주 간단한(?) 수업이었다.

시작! 미술 선생님의 구령이 떨어지자 아이들은 몸을 돌려 마주 보고, 서로의 얼굴을 그리기 시작했다. 똑같이 그려주겠어. 비장한 마음을 품고 시작한 것이 분명한 침묵이 교실을 가득 채웠다. 그러나 그 침묵은 오래가지 않았다.

"야, 눈이 삐었냐? 내가 이렇게 생겼다고?"

여기저기서 원망과 욕설, 웃음이 터져 나왔다. 주변을 둘러보니 과연, 정체를 알 수 없는 괴생명체들이 도화지 위에 창궐하고 있었다. 평소 그림 좀 그린다고 자부하던 나 역시 고전을 면하지 못하고 있었는데, 시작한 지 얼마 되지 않았음에도 벌써 망작의 기운이 스멀스멀 올라오고 있었다. 미술 선생님은 웃고 있었다. 이 모든 상황을 예견이나 했다는 듯이. 아아, 정녕 우리 반엔 이 미션을 성공할 이가 하나도 없는 것인가.

"우와, 똑같다!"

　그때였다. 교실 한구석이 술렁이기 시작했다. 나는 한달음에 그곳으로 달려갔다. 그리고 보았다. 그것은 혁명이었다. 그림을 보자마자 단박에 누구의 얼굴인지 안 것은 당연한 일, 단지 그것뿐이라면 혁명이란 단어를 쓰지 않았을 거다. 그 그림은 다른 그림들과는 완전히 달랐다. 그 그림은 측면이었다. 완벽한 '옆모습' 말이다.

　에이, 그게 무슨 혁명이야 하고 생각할 수 있겠지만 나는 적잖이 충격을 받았다. 저렇게 그려도 되는구나! 나를 포함한 모두가 당연히 정면을 그려야 한다고 생각할 때 단 한 명, 그 녀석만이 측면을 그렸다. 친구의 얼굴을 닮게 그리라고만 했지 정면을 그려야 한다는 조건은 없었다. 그런데도 왜 당연히 정면을 그려야 한다고만 생각했을까.

열모습을 그리다니, 이건 편법이야!

그리 생각하는 것도 무리는 아니다. 얼굴을 그리라고 하면 대부분은 정면을 그리지 않나. 눈, 코, 입이 다 나오도록 정면에서 그리는 것이 아무래도 맞는 방법 같아서다. 하지만 옆에서 본 얼굴도 분명 얼굴이고, 정면에선 보이지 않는 그 사람만의 고유한 모습이 드러나기까지 하니 어떻게 잘못된 방법이라 할 수 있을까.

그 친구는 영리한 선택을 했다. 사실 정면에서 본 얼굴을 그린다는 건 기술적으로도 쉽지 않다. 들어가고 나온 이목구비의 굴곡이 평평하게 보이는 방향이기 때문이다. 반면 측면에서 얼굴을 보면 얼굴의 굴곡이 명확하게 드러난다. 이마와 코, 입술로 떨어지는 외곽선을 잘 따라 그리기만 하면 하나의 선으로도 그 사람의 특징을 쉽게 잡아낼 수 있다. 그런 효율을 증명이라도 하듯 그는 쉽게 한 명을 그려내고 내친김에 다른 친구의 얼굴도 그리기 시작했다. 그렇게 뚝딱뚝딱 서너 명의 옆얼굴을 그 인물과 똑 닮게 그려냈다. 아! 그날 난 측면을 다시 보게 됐다. 정면만이 어떤 이의 얼굴을 가장 잘 드러내는 방향이

라고 생각했던 나야말로 편견에 사로잡혀 있었던 게
아닐까.

정면만으로 그 사람의 얼굴을 완전히 안다고
할 수 있을까.

그날 이후로 나는 사람들의 옆얼굴을 훔쳐보는 버
릇이 생겼다. 무언가에 집중하고 있거나 멍하니 생
각에 잠긴 옆얼굴을 보고 있자면 이상한 기분에 휩싸
이곤 한다. 이 사람, 내가 알던 사람이 맞나? 수없이
봐온 사람임에도 왠지 낯설게 느껴진다. 옆얼굴엔 그
(그녀)의 이면이랄까 본모습이랄까, 전혀 다른 얼굴
이 있다. 정면에선 보이지 않던 슬픔이나 매력, 혹은
말 못할 비밀. 그에게도 내가 모르는 모습이 많다는
당연한 사실을 새삼 깨닫고 놀란다. 그런 이유로, 한
쪽 면만 보고 사람을 판단해선 안 될 일이다. 타인뿐
만 아니라 나 자신을 볼 때도.
이쯤 되면 이런 의문이 생길 법도 하다. 정면으로
내세울 게 없으니 자꾸 측면 운운하는 것이 아니냐고.

빙고! 나는 정면이 별로다. 정면을 잘 그리고 싶었는데 생각대로 잘 안 됐다. 내게 다시 기회가 온다면, 다시 내 얼굴을 그릴 기회가 온다면, 이번엔 측면을 그려볼 생각이다. 남들과는 다른 방향, 내가 잘 그릴 수 있고 좀 더 나다운 얼굴을. ¶

게으를수록
창의력이 상승한다

빌 게이츠는 힘든 프로젝트가 있으면 게으른 사람에게 시킨다고 한다. 게으른 사람은 그 일을 쉽게 할 수 있는 방법을 찾을 것이기 때문이라고. 음, 게이츠 씨는 뭘 좀 아시는군요?

나는 자타공인 게으른 인간이다. 게으름은 보통 안 좋은 것으로 치부되기에 자책할 법도 한데 나는 그것에 대해 크게 죄책감을 느끼진 않는다. 물론 처음부터 이렇게 된 건 아니다. 게으른 성격을 고쳐보려고 부단히 애를 써봤지만, 번번이 실패. 그 때문에 자책하고 자학하며 보낸 시간이 말도 못하게 많다. 그렇게 시행착오를 겪으며 내가 할 수 있는 것과 할 수 없는 것을 알게 되었다. 또 내게 잘 맞는 삶의 방식도.

내가 게으른 사람이라는 걸 부정하는 대신 받아들이기로 했다. 고로 지금까지의 내 삶은 어떡하면 게으르게 살 수 있을까에 대한 문제 풀이라고 해도 과언이 아니다. 지금 내가 이런 일을 하는 건 아마도 그 때문인 듯하다. 매일매일 할 일이 있고 바쁜 직업은 내게 잘 맞지 않는다. 돈을 많이 준다고 해도 거부할 듯하다. 나는 일감이 있을 때만 바짝 집중해서 일을 해치우고, 그러고 나선 빈둥댈 수 있는 이 직업이 좋다. 풍족하다곤 할 수 없으나 그럭저럭 생계가 유지되고 있으니 드디어 내게 맞는 방법을 찾은 게 아닐까 싶다.

게으름이 창의성과 연결된다는 연구 결과를 본 적이 있다. 멍 때리고 아무것도 안 할 때의 뇌가 더 창의적인 아이디어를 낸다는 것이다. 무언가에 집중하고 바쁜 뇌는 오히려 창의력이 떨어진다고. 봐라, 내 게으름에는 다 이유가 있었다. 마냥 노는 것 같지만 이게 다 창작을 위한 밑작업인 셈. 빌 게이츠도 창의적인 답을 기대하니까 게으른 사람에게 일을 맡기는 거다. 게으른 사람은 노력으로 해결하지 않는다. 가장 효율적인 방법을 고민한다.

요즘 '갓생살기'가 유행인 듯하다. '갓생'은 신조어지만 그런 방식의 삶 자체가 아주 새로운 건 아니다. 하루의 계획을 세우고 낭비하는 시간 없이 부지런히 자기 계발에 힘쓰는 생활은 아주 오래전부터 있었다.

다만 최근 이런 삶이 주목받는 데는 다 이유가 있을 테다. 이유가 뭐가 됐든 자기발전을 위한 긍정적인 무브먼트라는 점에서 나는 갓생을 좋게 생각한다.

갓생살기를 실천하는 사람들의 하루 루틴을 보고 있으면 입이 떡 벌어진다. 그리고 너무 멋있다. 그래, 저런 게 진짜 인생이지! 나도 저렇게 살아야 하는데, 나는 삶을 너무 낭비하고 있어. 이제부터라도 갓생을 살아볼까? 아니야, 그러면 안 돼. 사탄의 유혹을 간신히 이겨낸다. (웃음)

갓생살기를 실천하는 이들을 힘껏 응원하고 싶은 마음이지만, 그와는 별개로 나는 그렇게 살고 싶지 않다. 아니, 못 산다. 나라고 게으르게만 살고 싶겠나. 나 역시 하루를 빈틈없이 활용하고 싶은 마음이 있다. 하지만 그건 내 성향과 전혀 맞지 않는 방법이다. 내가 만약 갓생살기를 시작한다면 얼마 가지 않아 실패하고 그 끝은 또 자책일 게 뻔하다. 갓생도 가능한 사람과 불가능한 사람이 있다. 혹시 갓생살기에 실패했더라도 스스로를 쓰레기로 생각할 필요는 없다. 삶에는 어떤 모범적인 방식이 있다고 생각하지 않는다. 아무리 좋은 방법도 나와 맞지 않으면 별로 소용없는 방법이 아닐까.

요즘은 MBTI를 모르면 대화에 낄 수 없을 정도다. 나도 호기심에 MBTI 테스트를 했다. 사실 나는 이런 유의 성격 테스트를 별로 신뢰하지 않는다. 그런데 내 검사 결과를 읽으니 이거 완전 내 얘기가 아닌가. 내 속에 들어갔다 나온 것처럼 나보다 더 나에 대해 잘 알고 있는 느낌이다. 흠, MBTI는 꽤 신뢰할 만한 건지도. 그래도 너무 믿지는 말자. 사람을 고정된 틀에 가둬서 판단하는 건 별로 좋은 일은 아니니까. 그럼에도 나는 이 MBTI가 상당히 좋은 영향을 끼치고 있다고 생각한다. MBTI는 자신을 다각도로 이해할 수 있는 발판을 마련해준다. 또 다른 사람도 좀 더 잘 이해하게 된다. 예를 들어 나와는 다른 사람을 보고 전에는 '쟤는 왜 저래? 쟤는 비정상이야.'라고 생각했다면 이젠 '아, 쟤는 P라서 즉흥적이구나.' '아, 쟤는 T라서 진실만을 얘기하는구나.' 하는 식으로 이해하고 넘어가는 느낌이다. 다름을 인정하고 편안하게 생각하는 분위기가 생긴 것 같다. MBTI가 얼마나 정확한가에 대한 논란은 차치하고서라도 긍정적인 역할을 하는 게 분명하다.

나는 내 MBTI가 완전히 맘에 들진 않는다. 그래서 다른 결과가 나올지 싶어서 테스트를 여러 번 했는데, 그때마다 같은 게 나온다. 내 생각과는 다른 답을 하면 결과가 다르게 나올까. 하긴 그렇게 나온 결과가 무슨 소용이 있겠나. 그건 내가 아닌데 말이다. 아무튼. 내가 갖고 싶은 알파벳은 J다. 좀 더 계획적인 인간인 J가 되고 싶지만 나는 뼛속까지 P인 모양이다. 노력을 통해 조금은 고쳐볼 수도 있겠지만 완전히 바꿀 수 없다는 게 내 생각이다. 자신을 바꾸려 하기보단 자신을 인정하고 자신으로 잘 살 방법을 모색하는 것이 낫다. 자, 그렇다면 게으른 프리랜스 노동자 인프피(INFP)가 잘 사는 방법은 무엇인가.

아름다운 것들은
관심을 바라지 않지

<월터의 상상은 현실이 된다> 중에서

어릴 때 알던 '아저씨'로부터 전화가 왔다. 관계를 설명하자면 좀 복잡하니 그 부분은 과감히 패스. 꽤 오랜 시간 서로의 소식도 모르고 지냈는데 그사이 나는 마흔이 넘은 중년이, 아저씨는 여든이 훌쩍 넘은 노인이 되어 있었다. 어쨌거나, 궁금한 것이 많았던 아저씨는 내게 질문을 쏟아냈다.

"결혼은 했니?" (아뇨, 아직…….)

"회사는 어디 다니고?" (회사 안 다니는데요…….)

"그럼 무슨 일 하는데?" (그림 그려요……. 네? 간신히 밥 먹고 사는 정도죠, 뭐.)

"지금은 어디 사니?" (인천에 살아요……. 아뇨, 내 집은 아니고 월세요.)

한참 동안 이어진 질문 끝에 아저씨는 한숨을 쉬며 이렇게 말했다.

"나는 네가 성공할 줄 알았는데……."

생략된 끝말이 무언지는 쉽게 알 수 있었다. 성공할 줄 알았는데 아니구나. 기대가 컸는데 실망이구나.

대충 그런 말이다. 아아, 그렇습니까. 저 실패한 인생입니까. 알려주셔서 감사합니다.

노인이 된 아저씨의 기준에서 내 삶은 실패였다. 그가 생각하는 성공한 삶이란 남들이 부러워할 번듯한 직장에 다니며 결혼해서 아이 낳고 내 집 장만해서 사는 것이었다. 그렇지 못한 삶은 실패다. 다른 부분은 물어보지도 않고 그렇게 결론이 났다.

"크하하하. 저도 제가 성공할 줄 알았는데 인생이 맘대로 안 되네요. 완전 망했어요."

신기하게도, 전혀, 흔들리지 않았다. 타인에 의해 내 삶이 실패로 규정되었지만 휘청하는 일은 일어나지 않았다. 만약 내가 그의 생각에 동의했다면 엄청난 상처가 됐을 것 같은데, 다행히 내 생각은 달랐다. 저는 잘 살고 있습니다만?

이렇게 되기까지 참으로 오래 걸렸다. 타인의 시선으로부터 완전히 자유롭다고 할 수 없지만, 남이 내 삶을 어떻게 평가해도 별로 개의치 않게 됐다. 당신이 뭘 아냐고, 내 삶이 왜 실패냐고, 그러는 당신의 삶은 얼마나 대단하냐고 따질 수도 있겠지만 괜히 힘 빼지 않는다. 그냥 상대방이 마음대로 생각하게 내버려둔다. 억울하진 않냐고? 억울해도 어쩌겠는가. 다른 사람의 생각까지 내가 통제할 수는 없는 노릇이다. 누군가에게 인정받는 것은 분명 기분 좋은 일이지만 인정을 바라면 곤란한 일이 생긴다. 이 바닥의 생리가 그렇다. 아쉬운 쪽이 언제나 을이다. 그러므로 타인의 인정에 목마른 사람은 타인에게 휘둘릴 가능성이 크다. 세상의 인정을 바라는가? 그럼 세상에 휘둘릴 것이다.

이 삶은 누군가의 인정이 필요한 삶이 아니다. 내 삶이니까. 내 거니까 내가 갑이다. 남들이 쥐고 흔드는 건 사양한다. 그래서 나는 오늘도 사람들을 안심시킨다. 저는 당신의 경쟁 상대가 아니에요, 그저 별 볼 일 없는 인간입니다, 뭐 이런 포지션이 유리하다. (사실이기도 하고.) 그러면 잘 안 건드린다. 가끔은 나를 불쌍하게 여기는 사람도 있는데 그런 착각을 지켜보는 것도 은근히 재미있는 일이다. 사람들을 방심하게 만든 후 몰래 즐겁게 사는 것이 내 전략이다.

　평일 낮, 한가롭게 카페에서 글을 쓰고 있는 중년의 남자. 그런 사람을 볼 때마다 부러웠다. 그리고 궁금했다. 뭐 하는 사람일까? 모르긴 몰라도 돈 걱정없는 부자겠지. 그러니까 이 시간에 카페에 있는 거 아니겠어? 나도 나이가 들면 그런 여유 있는 일상을보낼 수 있길 바랐다. 그런데 지금 내가 그러고 있다. 부자도 아니면서 평일 낮에, 카페에서, 커피를 홀짝거리며 창밖 풍경을 무심하게 바라보고 있다. 그러니까 카페에서 이런 남자를 보더라도 오해하지 마시길. 일이 별로 없는 프리랜서일 가능성이 큽니다. 어쨌든. 부자는 아니지만 결국 내가 꿈꾸던 일상을 보내고 있는 셈이니 어느 정도는 성공한 게 아닌가 싶다. 각자 성공의 기준이 다른 거니까.

　요즘 내가 가장 많이 하는 일은 거절 메일을 보내는 거다. 내 책이 꽤 알려지면서 여기저기서 의뢰가늘었다. 그림 의뢰는 없고 죄다 강연 요청이다. 강연을 업으로 하는 사람도 아니거니와 사람들 앞에 서는 걸 별로 좋아하지 않아서 대부분 거절한다. 할 얘기도 없고, 무엇보다 사람들 앞에 서서 뭐라도 되는 양 잘난 척 떠들고 있을 나를 생각하니 영 꼴 보기 싫다. 나는 나를 잘 안다. 사람들이 내 얘기를 경청하고 손뼉을 쳐주면 분명 건방져질 놈이다. 오랜 시간에 걸쳐 힘들게 이룬 이 겸손함과 평정을 한순간에 날려버리고 싶지 않다.

솔직히 나를 찾는 곳이 많아지니 조금 두렵다. 살면서 한 번도 주목받아보지 못한 자가 갑자기 주목을 받으면 기쁘기보다 무섭다는 생각이 먼저 든다. 뭔가 단단히 잘못되어가고 있는 기분. (나는 그런 대단한 사람이 아니라고요!) 흔들린다. 남들의 비웃음에도 흔들리지 않던 마음이 세간의 관심에 마구 요동친다. 나그네의 옷을 벗기는 건 사나운 바람이 아니라 따뜻한 햇볕이라 했던가.

이 모든 것이 거품이라는 걸 잘 알고 있다. 곧 들통나고 사라질. 하지만 이 따뜻함을 계속 느끼고 싶다.

지금 쓰고 있는 이 책도 많은 사랑을 받았으면 좋겠다. 필요 없다 말하면서도 관심이 사라지면 많이 슬플 것 같다. 어느덧 나는 관심을 바라는, 아니 관심을 갈구하는 관심종자가 되어가고 있는지도 모른다. 세상에 휘둘리려 한다. 아아, 아름답지 않다.

아름답게 살고 싶다. 관심을 바라지 않는 히말라야의 눈표범처럼. 세상의 반응과는 상관없이 고독하게 내 길을 가고 싶다. 그러니까 글도 잘 쓰고 그림도 잘 그려서 인기가 엄청 많은데, 정작 나는 그걸 몰라……. 뭐 그렇게 살고 싶다는 얘기다. 아무래도 그건 힘들겠죠? 에휴, 흔들릴 일만 남았다. ¶

자신감이
올라간다

2023년 가을, 이제 길거리를 돌아다녀도 마스크 쓴 사람을 보기 힘들다. 불과 몇 개월 전까지만 해도 모두가 마스크를 쓰고 다녔는데, 언제 그랬냐는 듯 마스크가 사라졌다. 전 세계를 충격과 공포로 몰아넣었던 코로나19가 이렇게 슬그머니 아무 일도 없었다는 듯 사라지다니. (실제로 사라진 건 아니지만.) 기쁘기도 하면서 한편으론 허탈하기도 하다. 그래도 마스크를 쓰지 않게 된 건 춤을 추고 싶을 만큼 기쁘다. 답답하고 불편한 마스크를 쓰지 않아도 돼서 너무 좋다.

그런데 그 싫은 마스크에도 좋은 면이 있다는 건 참으로 신기하다. 마스크를 썼던 지난 몇 년간 나는 마스크가 은근히 편하다는 느낌을 받았다. 응? 아까는 불편하다고 해놓고 편하다니. 나도 이게 앞뒤가 안 맞는 걸 아는데 달리 설명할 방법이 없다. 마스크는 불편한데 편하다고 할까.

보통 사람은 얼굴을 가리지 않는다. 은행 강도나 히어로가 아닌 이상 얼굴을 가릴 필요가 없다. 그래서 얼굴을 가리면 이상한 사람 취급을 받는다. 그런데 모두가 마스크를 써야 하는 상황이 왔고, 그렇게 얼굴을 가린 채 우리는 일상생활을 이어 나갔다.

상대의 얼굴과 표정을 볼 수 없다는 게 처음엔 어색하고 불편했는데 적응이 되니 나쁘지 않았다. 무엇보다 내가 상대의 얼굴을 볼 수 없다는 건 상대도 내 얼굴을 볼 수 없다는 얘기가 아닌가. 이게 너무 편한 거다. 마스크를 쓰는 팬데믹 동안 확실히 나는 얼굴에 신경을 덜 쓰게 됐다. 어차피 마스크를 쓰면 다 가려지니까 면도도 안 하고, 잡티를 가리려고 바르던 BB크림도 바르지 않게 됐다. 다른 사람에게 어떻게 보일지 신경 쓰지 않아도 되니 외모뿐 아니라 표정도 따로 관리하지 않는다. 상대의 기분을 살피며 짓던 자본주의 미소 같은 걸 안 해도 돼서 편했다. 그것은 내 감정에 솔직해지는 것이어서 당당해진 기분이다. 마스크를 썼던 지난 몇 년은 내 인생을 통틀어 외모에 관해 가장 주눅이 덜 들었던 시기였다. 내 얼굴에 대해 가장 신경을 덜 쓰고, 남들의 시선에 겁먹지 않았던 시기. 한마디로 외모에 자신감이 넘쳤다. 응? 가려야만 자신감이 생기는 외모라니, 이거 좀 슬프네.

마스크의 장점을 만끽하면서 그동안 내가 사람들의 시선을 엄청나게 의식하면서 살았다는 걸 자각하게 됐다. 남들의 시선 따위는 신경 쓰지 않는 줄 알았는데, 착각이었다. 나는 남들의 눈에 내가 어떻게 보일지 걱정하며 사는 타입이었다. 시선에서 자유로워지니 그 사실을 알겠더라. 남들의 시선을 신경 쓰지 않게 되니 좀 더 나답게 사는 느낌이었다.

외모로 사람을 판단하고 차별하는 외모지상주의가 없는 세상은 어떨지 상상해본 적이 있다. 솔직히 그런 일은 사람들의 외모가 모두 똑같아져야 가능한 것이 아닐까 생각했는데, 과장을 조금 보태서 팬데믹 시기에 그런 세상을 살짝 엿보지 않았나 싶다. 내 외모에 신경 쓰지 않고, 나 역시 남들을 외모로 함부로 판단하지 않는, 고작해야 '저 사람은 까만색 마스크네.' '저 사람은 새 부리형이네.' 정도의 판단만 하는 세상을 경험했다. 그 경험이 나를 조금은 바꿔놓았다.

마스크를 벗고 얼굴을 드러내고 다니는 세상으로 복귀했다. 처음엔 다시 내 얼굴을 드러내는 게 너무 어색하고 부끄러웠다. 마치 알몸으로 길거리를 걷는 느낌. 하지만 인간은 적응의 동물. 마스크 안 쓰는 생활에 빠르게 적응했다. 역시 사람은 서로 얼굴을 봐야 해, 얼굴을 볼 수 있다는 게 이렇게 기쁘고 좋은 일인가 싶다. 다시 얼굴이 중요해졌다.

그렇지만 나는 코로나 이전으로 돌아가지 않았다. 어쩐 일인지 여전히 외모에 신경을 덜 쓰게 됐다. 마스크 시대의 경험이 나를 변화시켰다. 타인의 시선을 신경 쓰지 않는다는 것이 주는 자유로움과 당당함의 맛을 본 탓이다. 그렇게 사는 게 너무 편하더라. 계속 그렇게 살고 싶었다. 그래서 나는 마스크를 쓰지 않았음에도 마스크가 있다는 상상을 한다. 얼굴이 마스크에 가려져 있다는 착각 때문에 사람들이 내 얼굴을 보고 있다는 사실을 망각하고 만다. 잊어서 좋은 것도 있다.

다른 각도에서
보기

가장 불행한 삶을 살다 간 화가를 생각해보라고 한다면 바로 '빈센트 반 고흐'가 떠오른다. 고흐는 살면서 그림을 단 한 점밖에 팔지 못한 것으로 유명하다. 지금은 전 세계인의 사랑을 받는 화가지만, 그는 그 사랑을 조금도 느껴보지 못하고 세상을 떠났다. 인생의 단맛은 보지 못하고 쓴맛만 보다가 갔으니 얼마나 불행하고 불운한 삶인가.

"고흐는 운이 좋은 사람이다."

유튜브에서 미술평론가 양정무 교수가 하는 얘기를 들었다. 응? 고흐가 운이 좋다고? 이게 무슨 소리인가 싶어 이어지는 그의 해설을 듣고 보니 그 말이 이해됐다. 고흐는 인정도 받지 못하고 혹평만 듣는 화가였는데 그런 그가 그림을 포기하지 않은 건 주변 사람들의 응원과 지지가 있었기 때문이란다. 특히 고흐의 동생 테오가 생활비를 대주었다는 건 널리 알려진 얘기. 지금의 환율로 계산했을 때 약 200만 원 정도의 돈을 매달 보내주었다고 하니 테오가 얼마나 형을 사랑했으며 또 고흐의 재능에 대한 믿음이 있었는지 알 수 있다.

덕분에 고흐는 생계에 대한 걱정 없이(물론 그림에도 궁핍한 생활을 했지만) 그림에 전념할 수 있었다. 그가 생계를 스스로 해결해야 했다면 팔리는 그림을 그려야만 했을 거고, 그랬다면 지금 우리를 매혹하는 그의 그림은 세상에 없을 거다. 어쩌면 생계를 위해 화가라는 꿈을 접고 다른 직업을 찾았을 수도. 그의 꿈을 지지해주는 테오가 있었기에 고흐는 마음껏 자신의 꿈을 향해 달려갈 수 있었다. 꿈과 현실적인 문제 사이에서 갈등하다 꿈을 포기하는 우리들의 삶을 생각했을 때, 고흐처럼 누군가의 도움을 받아 꿈에 모든 것을 걸 수 있는 사람은 많지 않을 거다. 그렇게 생각하니 고흐는 확실히 운이 좋은 편이다.

고흐가 그림을 그린 기간은 10년에 불과하다. 생각해보면 10년이라는 무명 시기는 그리 긴 시간이 아니다. 더구나 그림을 배우고 이런저런 연구를 하느라 보낸 시간을 빼면 본격적인 작품활동은 더 짧다. 실제로 우리가 알고 있는 고흐의 유명한 그림들은 죽기 직전의 2년 동안 그린 그림이라고 한다. 그 시간은 세상의 인정을 받을 새도 없이 짧은 것이었다. 고흐가 죽은 후 얼마 안 돼 바로 그의 그림은 주목받기 시작한다.

사후 15년쯤 지났을 땐 차차 거장의 반열에 오르게 되는데, 그건 이례적으로 빨리 인정받은 케이스라고 한다. 고흐가 조금만 더 살았다면…… 세상의 인정을 받기 바로 직전이었는데 고흐는 안타깝게 세상을 떠났다. 그런 안타까운 마음이 그의 삶을 불운하게 바라보게 되는 이유다. 하지만 다른 각도에서 고흐의 삶을 바라보니 고흐가 마냥 불행한 삶을 살다 간 건 아닌 것 같아 마음이 조금 편안해졌다. 고흐는 늦은 나이에 화가라는 꿈을 꾸었고 짧고 굵게 자신의 모든 걸 태우고 간, 전 세계인이 사랑하는 성공한 화가다. 이제 나는 고흐를 그렇게 기억할 것이다.

영화 〈파벨만스〉는 감독 스티븐 스필버그의 자전적인 이야기다. (영화 속 주인공의 이름은 스티븐 스필버그가 아니지만.) 주인공 새미의 삶은 그리 순탄치 않다. 엄마의 외도, 그로 인한 부모님의 이혼으로 혼란스러운 청소년기를 보낸다. 전학을 간 학교에선 일진 들에 찍혀 괴롭힘을 당한다. 그런 와중에 새미는 영화에 대한 꿈을 키워나간다. 아쉽지만 새미가 불행한 삶을 이겨내고 감독으로 성공하는 모습은 영화 속에 등장하지 않는다. 인생 역전의 감동 드라마를 기대했다면 실망할 수도 있다. 대신 매우 큰 울림을 주는 엔딩이 있다.

영화의 마지막은 새미가 그의 우상 '존 포드' 감독을 만나게 되는 장면이다. 새미가 감독이 되고 싶어 한다는 걸 들은 존 포드는 새미에게 벽에 걸린 그림에서 뭐가 보이냐고 묻는다. 그림 속 상황을 설명하려는 새미의 말을 막은 존 포드는 그런 거 말고 지평선이 어디 있느냐고 다시 묻는다.

"지평선은 바닥에 있어도 좋고, 꼭대기에 있어도 좋지만, 가운데 있으면 더럽게 재미없는 거야. 행운을 빈다. 알았으면 꺼져!"

알쏭달쏭한 얘기를 들은 새미는 뭔가 알았다는 듯 미소를 짓는다. 뭘까? 새미가 깨달은 것은.

그것은 아마도 시선에 대한 이야기가 아닐까. 어

떤 상황인지가 중요한 게 아니라 어떤 각도에서 보느냐가 더 중요하다는, 같은 상황도 각도에 따라 전혀 다르게 보이고 시선을 갖는 자가 그 상황을 통제하는 사람, 즉 감독이라는 가르침 말이다. 그것을 깨닫게 된 새미는 조금 마음이 홀가분해지지 않았을까. 자기 삶에서 일어난 일들은 그다지 중요하지 않다는 것, 그것을 어떻게 바라보느냐가 더 중요하다는 것을 알게 되었으니까. ¶

글은 발로 써야
제맛

메일을 하나 받았다.

한 달에 세 권의 책을 읽는, 책과 글을 좋아하는 평범한 직장인이라 자신을 소개한 남자로부터 온 메일이었다. 대충 감이 왔다. 내 책을 읽고 너무 감동하여 메일을 보내지 않고는 잠이 들 수 없었던 거지. 자꾸 이런 메일이 오는데, 허허. 이거 참 곤란하다.

작가님은 '책은 시대의 정신이다.'라는 말을 아세요? 작가님은 이런 수준 떨어지는 책을 내신 게 부끄럽지 않으세요? 글이 소중하고 문장이 가진 힘을 알아서 펜 드는 것을 부끄러워하는, 작가님보다 더 깊은 생각을 가진 수많은 사람에게 미안해하고 부끄러워 하셨으면 합니다. (이하 생략)

엄마야! 이게 뭐야! 방심하고 있다가 한 방 크게 얻어맞았다. 제대로 된 카운터펀치다. 나는 오랫동안 충격에서 벗어나지 못하고 멍하니 앉아 있었다. 간신히 정신을 차리고 끝까지 읽어본다. 메일의 마지막은 대한민국 작가의 수준이 떨어지니까 앞으로 다시는 책을 내지 말라는 당부였다. '제발 부탁드립니다.'라고 간곡하게 부탁하는 대목에선 그가 얼마나 글을 사랑하고 있는지 느껴져 감동의 눈물이 날 뻔했다……는 개뿔. 상처받았다. 내 글이 그 정도로 형편없단 말인가? 나는 재미있던데. (웃음) 아니, 지금 웃을 때가 아니지. 너무 속상하다.

남들이 다 재미있다고 해서 본 영화가 별로였던 적, 한 번쯤은 있을 거다. 반대로 나는 너무 재미있는데 남들은 재미없다고 하는 경우도. 사람마다 취향이 다르고, 관점이 다르고, 기대하는 바가 다르니 같은 걸 봐도 모두 다르게 느낀다. 그러니 내 책을 읽은 사람들의 평가도 다 다를 수밖에 없는 것은 당연하다. 그러므로 이런 반응도 충분히 있을 수 있다. 문제는 머리로는 이해가 되는데 마음으로는 전혀 이해하지 못한다는 거다. 악평을 피한다고 피했는데 이렇게 직접 배달이 올 줄은 생각도 못했다. 왜 이렇게까지 하는 걸까. 아, 이 과도한 열정. 이해하기 힘들다. 문장이 가지는 힘을 잘 알아 펜 드는 게 부끄럽다는 자가 그 힘으로 남에게 상처를 낼 때는 부끄러움도 잊는 모양이다.

아무튼, 이런 메일을 받고 나면 며칠은 우울해 아무것도 할 수 없고, 다시는 글을 쓰지 못할 것 같은 기분에 사로잡힌다. 실제로 나는 오랫동안 글을 쓰지 못했다. 내가 쓴 모든 글이 쓰레기처럼 느껴져 썼다 지우기를 반복하다 결국 펜 드는 게 부끄러워졌다.

그러게 그림 그리는 사람이 뭐 하러 글은 써서 욕을 먹는지. 사실 이렇게까지 본격적으로 글을 쓸 생각은 없었다. 처음 에세이 연재를 시작할 땐 지금과는 다른 계획이 있었다. 글은 없고 그림만으로 이루어진 '그림 에세이'가 그것이다. 그림 한 컷에 웃음과 감동, 홍삼 진액처럼 진한 인생의 페이소스까지 담아 많은 사람의 공감을 얻어내는 것. 그게 내 플랜이었다. 그림을 업으로 삼아 먹고사는 사람으로서 그 정도는 할 수 있지 않을까 생각했는데, 아차! 내가 실력 없는 일러스트레이터라는 걸 잠시 잊고 있었지 뭐가. 실력 있는 작가들이야 그림 한 컷으로도 그런 것들을 전할 수 있겠지만 내겐 무리라는 걸 연재를 하면서 느꼈다.

그렇다면 플랜 B. 그림만으론 부족하니 그림 밑에 짧은 글을 적어 부연설명을 하면 어떨까. 뭔가 짧으면서도 무릎을 탁 치게 만드는 아포리즘적인 문장을 적는 거야. 그래 그거야!

하지만 그것도 참 쉽지 않더라. 그림도 그림이지만 내 글쓰기는 더 한심했다. 맞춤법 검사기에 의지해 글을 쓰고 있는 수준이니, 정말 초등학생 때 배운 한글 실력으로 글을 쓴다 해도 과언이 아니다. 이런 주제에 아포리즘은 무슨. 부족한 글솜씨 덕분에 부연설명에 부연설명을 더하다 보니 글은 구차하게 점점 길어지게 되었다는. 그러니까 내 글은 그림으로 승부를 보지 못한 일러스트레이터의 구구절절한 그림 설명인 셈이고, 그마저도 횡설수설이다. 능력 없는 사람은 이렇게라도 해야 먹고 산다. 어쨌든, 쓰는 동안 정말 즐거웠다. 그 즐거움이 전해진 것인지 출간 제안이 들어왔고『하마터면 열심히 살 뻔했다』가 세상에 나오게 됐다.

『하마터면 열심히 살 뻔했다』의 부제는 '야매 득도 에세이'다. 내가 굳이 '야매'라는 단어를 붙인 것에는 이유가 있다. 야매는 무자격자를 뜻한다. 나는 글쓰기에 대한 전문 교육을 받은 적이 없다. 되는 대로 사는 타입이라 철학이라 불릴 만한 것도 없다. 야매는 자격도 없이 무허가 글쓰기를 하는 내게 딱 어울리는 단어였다. 한편으로 나는 프로가 아니니까 귀엽게 봐주세요, 하는 애교도 섞여 있다.

지금도 지구 어딘가에선 글이 가진 무게를 무겁게 느끼며 펜 드는 걸 부끄럽게 여겨 아무것도 쓰지 못하는 이가 있겠지만, 나는 그러고 싶지 않다. 나는 이걸 진지하게 생각하지 않을 작정이다. 최선을 다할 마음은 더더욱 없다. 이렇게 얘기하면 글쓰기가 장난이냐 버럭 화를 낼 사람도 있겠지만 나는 최대한 가벼운 마음으로 임하고 싶다. 그러지 않아도 글이 안 써져서 밤마다 머리를 쥐어뜯고 있는데 거기에다 막중한 책임감까지 느끼면 글 쓰는 게 재미없어지고, 그러다 싫어지고, 종국엔 그만두게 될 거다. 정말이지 그러고 싶지 않다.

책은 시대의 정신이라지만 모든 책이 그럴 필요는 없다고 생각한다. 내가 생각하는 책은 엔터테인먼트에 가깝다. 책은 즐기는 거다. (사랑하는 것까지는 좋은데 숭배하진 말자.) 지적인 즐거움이든 스릴러의 긴장감이든 커다란 울림을 주는 감동이든, 재미가 없다면 책을 읽을 이유는…… 글쎄, 내가 보기엔 별로 없다. 그리고 취향이 다른 수많은 사람의 재미를 위해선 다양한 책이 필요하다. 노벨문학상을 받은 작가의 책도 필요하지만, 곰돌이 푸가 들려주는 소소한 행복 이야기도 필요하다. 시대의 정신을 담은 위대한 책만 출간하게 한다면 세상은 지금보다 조금 더 재미없는 곳이 될 거다. 저마다 다른 입맛에 맞게 골라 먹는 재미가 있어야 하지 않을까. 그런 의미에서 몸에 좋은 음식도 필요하지만 불량식품도 필요하다는 게 내 생각이다. 다양성의 측면으로 봤을 때 나 같은 불량한 글을 쓰는 사람도 있어야 하지 않나, 이것도 이 시대의 정신이 아닐까, 뭐 그런 결론에 다다랐습니다. 그리고 다시 펜을 들었습니다.

글로 누구를 이길 생각도 없고 잘 쓴다는 소리를 듣고 싶은 마음은 더더욱 없다. 그냥 나는 재미있게 쓰고 읽는 사람들은 잠시나마 즐겁길 바랄 뿐. 이것이 바로 야매의 길, 나는 야매작가다.

왜 맨날 지는 것 같은
기분일까

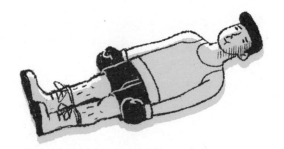

지금도 그런 조사를 하는지 모르겠지만 내가 국민학교에 다닐 때는 새 학년이 될 때마다 '가정환경 조사서'를 써 오도록 했다.

그 종이를 들여다보던 엄마의 얼굴을 기억한다. 마치 어려운 수학 문제를 푸는 듯 심각한 얼굴. 한참을 고민하던 엄마는 아빠의 직업란에 '노가다'라고 적었다. 노가다가 뭐야, 엄마? 엄마는 답이 없었다. 나도 더는 묻지 않았다. 대답하기 곤란한 것이라는 건 눈치로 충분히 알 수 있었고 나는 엄마를 곤란하게 만들고 싶지 않았다.

가정환경 조사서엔 한 달 수입을 적는 칸도 있었다. (지금의 상식에선 의아하지만 그땐 그랬다.) 얼마를 적었는지는 기억나지 않는다. 집에 관련된 항목엔 자가, 전세, 월세 중 하나를 선택하게 되어 있었는데 또 한참을 고민하던 엄마는 옆에다 '사글세'라고 적었다. 역시 모르는 단어였지만 이번엔 묻지 않았다. 조사서 맨 아래엔 집에 있는 물건들에 체크하게 되어 있었다. 어디 보자, 자가용? 없고. 전화기? 없고. 냉장고? 없고. 없고, 없고, 없고…… 우리 집엔 없는 게 많았다. 칸을 많이 채우지 못해 창피한 기분이 들었다.

다음 날 아이들은 각자의 가정환경 조사서를 비교하며 떠들어댔다. 철수네 집에 자동차 있대. 와, 좋겠다. 영희네 아빠는 경찰이래. 우아, 멋있다. 응? 너희 아빠는 노가다구나? 근데 노가다가 뭐야? 곤란했다. 나는 엄마처럼 입을 다물었다.

나는 내가 가난해진 순간을 분명히 기억하고 있다. 나는 학교에 입학하면서부터 가난해졌다. 그전엔 가난하지 않았다. 집이 갑자기 망했냐고? 아니, 입학 전과 입학 후의 집안 사정은 똑같았다.

허름하고 작은 집들이 다닥다닥 붙어 있는 빈민촌에 우리 집이 있었다. 대대적인 재개발로 강제철거되고 쫓겨나기 전까지 그 집에 살았다. 당시 대통령이었던 '각하'께서 우리 동네를 깨끗이 정리하라는 명을 내렸다. 곧 88올림픽이 열리는데 외국인들 보기에 부끄럽다는 이유에서였다. 그렇게 부끄러운 우리 동네는 '정리'되었다. 아무튼. 슬레이트를 대충 얹은 지붕, 벽은 있지만 제대로 된 문이 없어 맘만 먹으면 누구나 쉽게 들어올 수 있는 그런 집에서 살았다. 화장실은 집 밖에 있었다. 몇몇 가구가 공동으로 쓰는 재래식 화장실이었는데, 냄새나고 더러운 것은 둘째 치고 항상 안에 사람이 있어 곤란했다. 도저히 기다릴 수 없는 급한 상황이 오면 멀리 떨어진 다른 공동 화장실을 찾아 달렸다. 거기도 비어 있다는 보장은 없지만. 딱히 불편하거나 괴로운 일은 아니었다. 다들 이렇게 산다고 생각했으니까.

그곳이 내가 아는 세계의 전부였다. 모두가 비슷한 집에서 비슷한 모습으로 살았고 가난하다는 느낌이 무언지 알지 못했다. 입학하고 다른 환경의 친구들을 만나면서 내가 알던 세계는 무너졌다. 모두가 비슷한 환경에서 살지 않는다는 걸 알게 되었고 세계는 재구성됐다. 그리고 나는 절망했다. 재구성된 세계에서 나의 위치는 저기 아래였다. 그전까지 가난하지 않던 나의 삶은 한순간에 추락했다. 쾅! 내 몸이 바닥에 부딪히는 소리가 들리던 날을 지금도 기억한다.

대부분 살림이 넉넉하지 못하던 시절이었으니 그리 절망할 일은 아니었을지도 모른다. 하지만 항상 기준을 나보다 못한 사람에 두지 말고 나보다 높은 사람에게 두라고 배웠다. 아니, 그건 배울 필요도 없이 저절로 되는 것이었다. 나보다 나은 사람만 눈에 보였고 그래서 나는 늘 불행했다.

세월이 흘렀다. 이제 나는 실내에 화장실이 있는 집에 산다. (무려 수세식이다.) 아버지처럼 험한 육체노동을 하지 않고 그림을 그려 돈을 번다. 그 돈으로 맛있는 것도 사 먹고 문화생활도 즐긴다. 큰 발전이다. 감사한 마음을 가져야 마땅하지만 그게 잘 안 된다. 겨우 이 정도야? 나는 여전히 빈곤하다 느낀다. 그렇게 느끼는 까닭은 아직도 내 위에 너무 많은 사람이 있기 때문일까? 절대적으로 가난하진 않지만 상대적으로 가난하다. 나는 이 가난을 벗어날 수 있을까.

유튜브에서 법륜스님의 강연을 본다. 한 청년이 스님에게 질문을 한다. 남들보다 못난 자신 때문에 너무 괴롭다는 그. 스님은 조용히 당신 앞에 있던 물컵을 손목시계 옆에 두더니 그에게 물었다. "이 컵이 커요, 작아요?" "커요." 젊은이가 답했다.

이번엔 컵을 물병 옆에 두더니 물었다. "이 컵이 커요, 작아요?" "작아요." 스님은 컵을 들고 손목시계와 물병을 오가며 같은 질문을 여러 번 반복했다. 젊은이는 그때마다 커요, 작아요, 답했다. 그렇게 한참이 지난 후, 스님은 컵을 높이 들었다.

"이 컵이 커요, 작아요?"

공중에 홀로 떠 있는 컵을 보며 젊은이는 아무런 대답을 하지 못했다. 비교할 대상이 없으니 크다 작다 말을 할 수가 없었다. 그랬다. 컵은 큰 것도 작은 것도 아니다. 컵이 크다고 생각했을 때도, 작다고 생각했을 때도 컵(본질)은 항상 그대로였다.

열등함은 '존재'에서 오는 게 아니라
'의식'에서 비롯된 것이다.

실제로 존재가 열등한 게 아니라 열등하다고 의식할 뿐이라는 말씀. 아아, 젊은이도 울고 나도 울었다. 내가 느끼는 빈곤 역시 마음의 문제. 나는 물병 옆을 떠나지 못하는 컵이었다. 물병을 기준으로 삼고는 나는 작다 울부짖고 있었다. 컵이 물병보다 작다고 해서 열등한 것은 아니다. 그저 다른 것뿐이다. 크기가 다르고, 재질이 다르고, 쓰임이 다르다. 비교를 통해 알아야 할 건 그게 전부다. 우리는 모두 다른 존재일 뿐이다.

그런데 왜 나는 하필 컵일까요? 나는 물병이 좋은데. 아아, 도로아미타불 관세음보살.

소소한 게
어때서

소소하지만 확실한 행복. 줄여서 소확행. 잠들기 전 귀여운 고양이 사진을 본다거나, 아이들을 재워놓고 조용히 책 읽는 시간을 가지는 것처럼, 바쁜 일상 속에서 느끼는 작지만 확실하게 실현 가능한 행복을 뜻한다. 전혀 문제 될 게 없는 말이지만 이 단어가 유행하며 여기저기 보이니 소확행에 대한 곱지 않은 시선도 있다.

얼마 전 소확행에 대한 불편함을 드러내는 칼럼을 하나 읽었다. 그 내용을 대충 살펴보면, 소확행 유행의 배경엔 한국사회의 어두운 면이 존재한다는 거다. 불황과 양극화, 노력한 만큼의 성취가 불가능한 시대, 큰 행복을 꿈꾸기 힘든 씁쓸한 현실의 반영이라는 얘기. 그러니까 허락된 것이 소소한 것밖에 없어 소확행이 유행한 것이고, 그런 이유로 지금의 소소한 행복이 진짜 행복인지 되물어야 한다고. 더불어 그런 성취하기 쉬운 행복들에 취해 성장하지 못하고 자기만족하는 모습을 걱정한다. 왜 소확행에 집착하는지, 왜 주택 구매, 취업, 결혼 같은 불확실하지만 큰 행복은 추구하지 않는지 묻는다. 지금 누리는 소소한 행복에 안주하지 말고 현실을 냉정하게 직시하여 그것들을 넘어 더 큰 것을 성취하기 위해 노력해야 할 때임을 강조하는 것으로 칼럼은 마무리된다.

교훈적인 글이었다. 소확행 유행 이면에 드리운 어두운 그림자를 지적하는 부분에선 무릎을 쳤다. 아, 깨달음. 하지만 그 뒤에 이어지는 말들엔 글쎄. 고개를 갸웃했다. 내 생각은 좀 다르다. 뭐 싸우자는 건 아니고 소소한 것들을 위한 변명 정도라고 생각하면 좋겠다.

우선 아무도 소확행에 '집착'하고 있지 않다. 집착하고 있는 건 마케팅하는 사람들이다. 물건을 팔아야 하는 입장에서 어떻게든 유행에 편승하려다 보니 여기도 소확행 저기도 소확행, 마치 전 국민이 소확행에 미쳐 돌아가는 것처럼 보이는 것뿐이다. '욜로' 역시 그런 마케팅 때문에 생각 없이 흥청망청하는 이미지로 변질되지 않았는가. 아무튼. 청년들이 소확행의 뽕(?)에 취해 현실에 만족하며 주저앉을까 걱정하는 거라면 정말 쓸데없는 걱정이다. 소확행을 즐기는 순간 행복한 기분 좀 느낀다고 갑자기 인생 전체가 만족스럽고 고민도 없어지고 그러는 거 아니다. (제발 그랬으면 좋겠다.) 다들 최선을 다해 살고 있다. 미래에 대한 걱정과 불안으로 머리가 터질 것 같다. 그러는 와중에 잠깐의 즐거움을 찾는 것뿐이다. 온종일 힘들게 일하고 들어와 맥주 한 캔을 마시는 소소한 행복을 즐기는 이가 있다고 생각해보자. 그에게 지금 네가 느끼는 행복은 진짜 행복이 아니다, 그런 쉬운 행복에 취하지 말라 하는 건 좀. 그런 재미도 없으면 뭔 재미로 삽니까?

큰 행복에 대해서도 할 말이 있다. 예쁜 볼펜을 사면서 느끼는 행복은 그르고, 자동차를 사면서 느끼는 행복은 옳다고 말할 수 있을까? 볼펜을 사는 행위가 자동차 사는 걸 추구하지 않는 것이 되는가? 자동차는 큰돈이 드니 당장 못 사는 것뿐이다. 언젠가 돈이 생기면 자동차 사는 행복도 누릴 거다. 동시에 예쁜 볼펜도 살 거다. 그 둘은 전혀 다른 즐거움이다. 행복의 크기를 비교하는 것 자체가 좀 난센스다. 왜 주택 구매, 취업, 결혼을 추구하지 않느냐고? 누가 추구하지 않는다고 했는가. 간절한 사람 많다. 그리고 노력하고 있다. 앞서 말했듯 노력해도 얻기 힘든 시대라 못하는 거다. 노력해도 얻기 힘들다는 걸 공감한다면서도 작은 행복 누릴 시간에 더 '노오력'해서 큰 것을 추구해야 한다고? 볼펜 살 돈 아껴서 집 사고 결혼하라고? (어이 이봐, 전혀 공감하지 못하고 있잖아!) 심히 꼰대스럽다.

한편으로 권장하는 그 큰 행복이라는 것들, 그것 모두 기성세대가 옳다고 믿고 추구하는 라이프스타일이 아닌가. 그 스타일로 살지 않으면 틀렸다고 생각하는 것도 좀 후지다. 요즘은 자신들을 '포기 세대'라 부르는 걸 불쾌해하는 젊은이들이 많다. 본인들은 '선택'한 것이지 '포기'한 것이 아니라고. 시대가 바뀌면 생각도 바뀌고 행동도 바뀐다. 달라진 시대를 살아가는 이들은 거기에 맞춰 생각하고 선택하며 나아간다. 기성세대와 다른 선택을 했다고 안주하거나 포기한 것은 아니다.

커다란 성취만으로 인생이 행복해지지 않는다. 흔히 '이것만 이루면 행복할 거야.'라고 생각하지만 그런 일은 일어나지 않는다. 한번은 지인의 고급 외제차를 얻어 탈 일이 있었다. 이런 좋은 차를 타면 매일매일이 좋겠어요, 라고 했더니 그는 이렇게 답했다.

"이거 석 달짜리야."

응? 무슨 소리? 그의 말은 이랬다. 처음엔 탈 때마다 기분이 좋았는데 딱 석 달만 지나면 아무런 감흥이 없다고. 이렇듯 빛나는 성취도 일상이 되면 더 이상 특별할 게 없다. 꿈꾸던 대기업에 합격하는 순간은 정말 행복하지만 이후 회사원으로 살아가는 하루하루가 행복으로 가득하기만 할까? 이 사람과 결혼하면 아무것도 바랄 것 없다고 생각했다 해도 결혼 후 정말 더 이상 바라는 것 없이 행복하기만 할까? 아니다. 인간은 그렇게 생겨먹지 않았다. 행복은 지속하는 감정이 아니다. 순간적인 감정이다. 그래서 '행복은 강도가 아니라 빈도'라는 말도 있다. 자주 느끼는 게 중요하다는 얘기다. 큰돈 안 들고 확실한 방법이 있다면 하지 않을 이유가 없다.

어떤 큰 목표가 있다고 치자. 쉽게 되는 것도 아니고 시간도 오래 걸리는. 그 목표를 이루기 전까진 행복해선 안 되는 걸까? 그 긴 시간을 고통과 불만족으로만 살아야 하는 걸까? 큰 성취에만 매달리는 태도는 독이 될 수 있다. 큰 성취에는 많은 시간과 희생이 따르기 때문이다. 만약 꿈꾸던 것을 끝내 이루지 못하면 어쩔 것인가. 일상의 작은 행복도 포기하고 성공만을 위해 달렸는데 이루지 못하면? 그때 그의 인생은 무엇이 되는가? 큰 것에 몰빵하는 태도는 안전장치 없이 외줄을 타는 것과 같다. 그래서 소확행이 필요하다. 일상 속 작은 행복은 큰 성취를 향한 긴 여정을 잘 버티도록 도울 뿐 아니라 실패했을 때 충격을 줄이는 에어백이 되어준다. 목표를 이루지 못했어도 내 인생이 아무것도 아니라는 생각이 들지 않게끔. 우리 선배들은 그걸 참 못했다. 큰 것만 좇느라 작은 것들을 다 놓쳐버렸다. 그리고 중년이 되어 굉장히 허무해한다. 상대적으로 소확행을 아는 요즘 사람들은 똑똑하다. 아마 선배들을 보고 배웠으리라. 아, 저렇게 살면 안 되는구나.

소소하고 확실한 행복만을 추구해야 한다는 얘기가 아니다. 불확실하고 커다란 목표가 중요하듯 일상의 작은 즐거움도 중요하다는 얘기다. 이거 아니면 이거, 둘 중 하나만 선택해야 하는 양자택일의 문제가 아니다. 둘 다 추구하며 살아도 된다.

소확행은 누구의 삶도 망치지 않는다. 내 일상에서 누릴 수 있는 행복을 찾아보자는 작은 운동일 뿐이다. 고기도 먹어본 사람이 먹는다 했다. 평범한 일상에서 행복을 느끼지 못하는 사람은 큰 성취를 이뤘다 해도 행복하지 않을 가능성이 크다. 근거는 없다. 그냥 내 생각이다. 그나저나 나는 왜 이렇게 소확행에 대해 열변을 토하고 있는 것인가. 결국 이 얘기가 하고 싶어서다.

어이, 트와이스 뮤직비디오 보면서 행복해하는 게 뭐가 문제냐? 이거 좀 본다고 인생 안 망한다고! ¶

행복해지는
마법의 주문

마트에 장을 보러 가면 잊지 않고 들르는 코너가 있다. 벌써 눈치챈 사람도 있을 것 같은데, 바로 맥주 코너다. 맥주를 떠올리면 조건반사적으로 침이⋯⋯ 아니 기분이 좋아진다. 괴롭거나 우울할 때는 술을 마시지 않는다. 항상 즐거운 순간에, 혹은 편안한 기분일 때 술을 마시기 때문에 술이 순수한 기쁨의 영역으로 남을 수 있지 않았나 싶다. "괴로울 땐 맨정신으로 버티고, 즐거울 땐 취한다." 이따위 걸 좌우명이라고 말하긴 뭣하지만 나름의 원칙을 지키며 술을 마시고 있다. 맞다. 술을 더 즐겁게 마시려는 수작이다. (웃음) 여러 종류의 술을 즐기지만 그중에서 내가 가장 좋아하는 술은 맥주다. 다른 술들은 한 번에 많은 양을 들이키는 경우가 드문 데 반해 맥주는 벌컥벌컥, 시원하게 목으로 넘기는 호쾌한 맛이 있다.

맥주를 마시는 즐거움은 맥주를 고르는 순간부터 시작한다. 무슨 맥주를 마실지 고르는 건 그야말로 행복한 고민이다. 라거는 기본이고 에일 맥주도 빼놓을 수 없다. 특히 인디아 페일 에일, IPA(India Pale Ale)를 좋아해서 IPA라고 적힌 캔은 일단 사서 맛보는 편이다. 영국이 인도를 식민지배하던 시절, 인도에 머무는 영국인들은 자국에서 마시던 맥주를 즐기길 원했다. 영국에서 만든 맥주를 인도로 운송하는 동안 맥주가 상하는 것을 방지하기 위해 일반 페일에일에 홉을 더 많이 넣고 도수를 높인 맥주가 바로 IPA다. 인도의 영국인들은 그 강한 맛에 반했고, 나도 반해버렸다. IPA에서 느껴지는 풍부한 향과 강한 쓴맛이 좋다.

맥주에서 향이 나서 에일 맥주가 싫다고 하는 사람이 많은데, 맥주가 아닌 아예 다른 술이라고 생각하면 거부감이 좀 덜할 듯하다. 와인처럼 향과 맛을 동시에 즐기는 술이 에일 맥주다. 사실 우리가 라거를 먼저 접해서 맥주 하면 라거를 떠올리지만, 기원전 4000년부터 인간은 에일을 마셨고 라거를 마신 지는 불과 200년도 되지 않는다. 라거는 신상 맥주인 셈이다. 뭐 그냥 그렇다는 얘기다.

에일의 긴 역사가 무색하게 에일 맥주의 존재 자체를 모르고 살다가 수년 전 이태원의 유명한 피맥

(피자와 맥주)집 '더 부스'에서 에일을 처음 경험했다. ('더 부스'는 나중에 아예 양조장을 차렸다.) 이렇게 맛있는 맥주가 있다니, 그 이후로 나는 에일의 매력에 푹 빠져버렸다. 에일을 파는 펍을 찾아 여기저기 다녔는데 이제는 마트에서도 다양한 에일을 경험할 수 있게 됐다. 특히 소규모 국내 브루어리가 많이 생겨 에일 코너가 더 풍성해졌다. 한국에서 만든 것들이 내 입엔 잘 맞고 가격도 합리적이어서 즐겨 마신다. 망하지 말고 계속 맛있는 맥주를 만들어주길 바라고 있다.

이 맛있는 에일을 혼자만 즐기는 게 아쉬워 주변 사람들에게 열심히 알리고 다녔는데 "내 입엔 잘 안 맞네." 같은 반응 일색이었다. 심지어 가장 좋은 술친구인 여자친구마저 별로 좋아하지 않았으니 별수 있나, 자연스럽게 에일 맥주는 나 혼자 즐기는 술이 되었다.

원래는 혼자 마시는 술을 별로 좋아하지 않았는데 에일 맥주 덕분에 혼술의 매력을 알게 되었다. 함께 마시는 술이 시끌벅적한 즐거움이라면 혼자 마시는 술은 은밀하고 조용한 즐거움이다. 누구와도 나누지 않는 나만의 즐거움, 나만 알고 싶은 술. 처음엔 같이 할 수 없음이 서운했지만, 이런 술 하나 있는 것도 나쁘지 않은 것 같다.

에일 맥주는 안주 없이도 즐기기 좋지만, 술자리에 안주가 빠지면 섭하다. 나는 종종 IPA에 안주로 초콜릿을 함께 먹는다. 단짠단짠이 아니고 단쓴단쓴이다. 얼핏 어울리지 않을 것 같은 조합이지만 이게 은근 괜찮다. 커피와 달콤한 디저트를 함께 즐기는 걸 떠올리면 이해가 되려나?

또 하나 추천할 안주는 책이다. 함께하는 술자리엔 대화가 있지만 혼술엔 대화가 없다. 그 빈자리를 책이 대신한다. 책을 읽는 것은 상대의 얘기를 듣는 것이고, 그에 대한 반응으로 떠오르는 생각들은 내 대답인 셈이다. 그렇게 내가 감히 만나볼 수 없는 사람들과 술자리를 함께하며 대화를 나눌 수 있으니 즐거움은 배가 된다. 지난번엔 다자이 오사무와 얘기를 나눴고, 오늘은 헤밍웨이와 얘기를 나눈다. 헤밍이 형은 엄청나게 큰 청새치와 며칠 동안 대결한 얘기를 들려준다. 하여간 낚시꾼들의 구라란 대단하다. 입이 떡 벌어진다. 그나저나 미국 사람이 한국말을 참 잘하네요. 형, 어디서 한국말 배웠어요? 파고다 어학원? 아아, 취했네, 취했어. 취하니까 얼마나 좋아요. ¶

집에만 있는데
너무 즐거워

여행을 좋아한다. 그런데 어찌 된 일인지 스스로 여행을 가고 싶다고 생각한 적은 없는 것 같다. 누군가가 가자고, 가자고, 옆구리를 찔러야 그럼 오랜만에 바람 좀 쐬고 올까 하며 떠나는 타입이다. 그렇게 여행을 가서 누구보다 신나게 노는 걸 보면 여행을 좋아하는 게 분명한데 여행을 가고 싶다는 마음은 좀처럼 들지 않는다. 왜 이러는 걸까?

나만 이러는 줄 알았는데 이게 집순이 집돌이들의 특징이란다. 집순이 집돌이 레벨 테스트도 있다. 테스트 항목 중 박장대소하며 공감한 걸 몇 개 소개하자면 이렇다.

☐ 나가는 것 자체가 스케줄이라 생각한다.

☐ 나가기 전까진 귀찮은데 막상 나가면 잘 논다.

☐ 약속이 취소되면 은근히 후련하고 기분이 좋다.

나는 영락없는 집돌이다. 여행도 좋지만 집에만 있어도 충분히 즐거우니 여행 생각이 간절하지 않은 모양이다. 집돌이는 내향적인 성격과도 연관이 있는 듯하다. 자신의 관심과 에너지가 어디를 향해 있느냐에 따라 외향적인 사람과 내향적인 사람으로 나뉜다. 바깥을 향해 있으면 외향이고, 자기 내부를 향해 있으면 내향이다. 외향적인 사람은 적극적인 외부활동을 통해 에너지를 얻는다. 많은 사람을 만나고, 많은 것을 보고, 다양하게 경험하는 것을 좋아한다. 반면 내향적인 사람은 조용하게 자신의 내부에 집중한다. 외부로부터의 많은 자극은 오히려 마음을 어지럽히는 소음이다. 조용히 자기 세계로 들어간다. 책을 읽거나 글을 쓴다. 아니면 그냥 뒹굴거린다. 혼자서 심심하지 않냐고? 걱정 마라. 내향인은 혼자서도 잘 논다. 필연적으로 집순이 집돌이가 될 확률이 높다.

흔히 내향적인 성격을 고쳐야 할 것으로 인식하지만 내 생각은 다르다. 내향인들은 행복이 바깥에 있는 것이 아니라 내 안에 있다는 걸 잘 아는 사람들이다. 외부에서 무언가를 찾지 않으며 지금에 만족할 줄 안다. 행복하게 살 재능을 타고났다. 어디까지나 개인적인 생각이므로 믿을 건 못 된다. 어쨌든 각자의 성향대로 살아야 행복하다.

집돌이라고 집에만 있기를 바라는 건 아니다. 그 점이 '은둔형 외톨이'와는 다르다. 집은 충전기 같은 거다. 집에 머물며 에너지가 충분히 차면 그제야 바깥 구경도 하고 사람도 만나고 싶어진다. 충전이 덜 되면 나갈 마음이 들지 않는다. 그런 의미에서 나는 집에 머무는 시간을 충분히 확보하기 위해 평생을 투쟁해왔다고 볼 수 있다. 결국 일까지 집에서 하는 환경을 만들었으니 성공한 집돌이인 셈이다.

집돌이의 외출은 가성비가 좋다. 집에만 있다 나왔더니 바깥세상의 모든 것이 신기할 지경이다. 어느새 추운 겨울이 다 지나가고 따뜻한 봄이 되었구나. 아이고, 벌써 꽃이 피는구나. 동네를 산책하는 것뿐인데도 멀리 타국을 여행하는 것처럼 설레고 즐겁다. 햇볕은 따뜻하고 공기는 신선하다. 음, 좀 더 자주 나와야겠는걸. 지켜지지 않을 다짐을 할 정도로 좋다. 발길 닿는 대로 걷다 동네에 새로 생긴 술집을 발견한다. 낮술을 파는 걸 보니 교양 있는 주인장임이 분명하다. 나도 모르는 사이 술집 테이블에 앉아 주문을 하고 있다. 이런 즉흥성이 여행의 재미 아닌가.

오늘도 여행 한번 잘했다.

집에 있는 시간이 즐겁다는 건 집이 가장 안전하고 편하다는 느낌이 있기 때문이다. 어릴 때 나는 집돌이가 아니었다. 집에 들어가기 싫어 바깥으로만 나돌았다. 며칠 동안 집에 들어가지 않은 적도 많았다. 여기저기 아무 데서나 잠을 잤다. 그때는 집이 지옥 같았기 때문이다. 집돌이가 집이 불편하면 어떻게 될까? 그 시절의 나는 돌아갈 곳 없는 방랑자였고, 뿌리를 내리지 못하는 나무였다. 사람에겐 마음 편히 머물 곳이 필요하다.

마음껏 집에 머무를 수 있는 지금은 얼마나 행복한지 모른다. 집이 마음 놓고 쉴 수 있는 곳이 되었다는 것만으로도 만족하는 나는 너무 쉬운 사람일까. 쉽거나 말거나 이 행복을 누리기 위해 나는 오늘도 집에 있을 생각이다.

승부는
다음 생에

"넌 야구 어떤 팀 응원하냐?"

회사에 다니던 어느 날, 팀장님이 내게 물었다. 그랬다. 야구 시즌이었다.

"전 응원하는 팀 없는데요."

"뭐? 그러면 안 돼!"

그러면 안 된다니. 그 말이 너무 웃겨서 나는 웃음을 터트렸다. 무릇 남자라면 응원하는 야구팀 하나쯤은 있어야 한다지만 나는 없다. 왜냐고? 야구에 별 관심이 없기 때문이다. 어디 야구뿐인가. 나는 스포츠를 좋아하지 않는다. 하는 것은 물론이고 보는 것도. 올림픽이나 월드컵 같은 국제적인 경기 정도는 애국심으로 볼 법도 한데 그것도 별 관심이 없다. 이래저래 애국자는 못 될 인간이다.

스포츠는 정면 승부의 세계다. 얼굴과 얼굴을 맞대고, 피하거나 속이지 아니하고, 오직 갈고닦은 실력만으로 정정당당히 승부하는 선수들의 모습에선 어떤 고귀함까지 느껴지지만 나는 어쩐 일인지 승패를 겨루는 것에 심드렁하다. 스포츠뿐만 아니라 도박이나

게임에도 관심이 없는 걸 보니 정말 이기고 지는 것에 흥미가 없는 모양이다. 처음부터 이랬을 리는 없고 내가 이렇게 된 건 필시 그 드라마 때문이라 확신하고 있다.

1990년대 초, MBC에서 방영했던 〈베벌리힐스 아이들〉을 기억하시는지? 하도 오래전이라 그런 드라마가 있었던 것은 기억하지만 내용은 가물가물할 거다. 나도 그렇다. 그런데 신기하게 딱 한 장면만큼은 분명하게 기억난다. 주인공 중 한 명(아마도 '루크 페리'였던 것 같다.)에게 친구들이 농구 시합을 하러 가자고 제안한다. 그때 그가 했던 말이 예술이다.

"나는 경쟁적인 스포츠는 안 해. 너희들끼리 가. 나는 경쟁하지 않는 서핑을 하러 갈 거야."

정확한 문장은 기억나지 않지만 대충 이런 뉘앙스의 대사를 던지고 돌아서는 그의 등판을 보며 멋있다고 생각했다. 멋도 멋이지만 당시 막 중학생이 된 나에게 그 장면은 꽤나 충격이었다. 자발적으로 혼자를 택할 수도 있구나. 단체생활에서 혼자 있게 되는 걸 가장 두려워했던 당시의 나는 무언가로 머리를 얻어맞은 것 같았다. 경쟁하지 않는다는 선언 또한 충격적이었다. 대한민국 중학생에게 경쟁이란 공기처럼 익숙하고 당연한 것이었다. 공부, 운동, 미술……심지어 외모나 가정환경까지 모든 것에 등수가 매겨졌으니 말이다. 열심히 공부해야 하는 이유 역시 좋은 성적을 받기 위해서고, 내가 더 우월하다는 걸 증명하기 위해서였다. 경쟁은 당연하고도 옳은 것이며 거부할 수 없는 것이었다. 그런데 자신은 경쟁 같은 건 하지 않는다는 사람을 본 거다. 처음이었다. 그런 얘기는 현실에서도 TV에서도 들은 적이 없었다. 그러니 충격을 받지 않을 수가 있나. 아, 저렇게 사는 사람도 있구나.

그것이 비록 일반적인 생각은 아니지만 다른 선택지가 있다는 사실만으로 숨통이 트이는 기분이었다. 언젠간 나도 저런 사람이 돼야지. 남들의 시선이나 말에 휩쓸리지 않고 등수 같은 건 연연하지 않으며 살고 싶다고 생각했다. 그리고 얼마 후, 나는 또 하나의 큰 깨달음을 얻었다. 베벌리힐스는 아주 부유한 사람들이 모여 사는 동네라는 사실을 알게 되었던 것이다. 나는 소리쳤다. 너는 경쟁 같은 거 안 해도 아무 걱정 없이 살 수 있는 놈이잖아, 이 시키야!

커다란 배신감을 느꼈지만 어쨌거나 내 삶에 큰 영향을 끼친 사건이었다. 그때 내 속에 씨앗이 뿌려졌다. 작은 씨앗은 내 안에서 천천히 싹을 틔웠고 내 인생은 이렇게…… 망해버렸다. 아아, 내 인생을 망치러 온 나의 구원자, 베벌리힐스 새끼. 내가 아웃사이더가 된 것도, 승부욕이 감퇴한 것도 그 때문이다.

경쟁이 불필요하다는 얘기는 아니다. 인류는 경쟁을 통해 한계를 뛰어넘고 발전해온 측면도 있으니까. 나 같은 사람만 있었으면 인류는 구석기시대를 벗어나지 못했을 거다. 재미의 측면으로 봤을 때도 경쟁은 필요하다. 승부가 없다면 스포츠도 게임도 도박도 무슨 재미로 한단 말인가. 나 역시 경쟁의 재미를 모르지 않는다. 아니, 오히려 경쟁에 빠지기 쉬운 타입이라 할 수 있다. 우연히 스포츠 경기를 볼 때면 나도 모르게 소리를 지르며 우리 편(?)이 이기길 응원한다. 오디션 프로그램을 볼 때면 "쟤보다 쟤가 더 잘한다." 평가하는 재미에 흠뻑 빠지고 누가 1등을 할지 궁금해 끝까지 시청하게 된다. 그래서 스포츠도 오디션 프로도 일부러 피하는 거다. 경쟁에 너무 무감각해 질까 봐, 이기는 게 삶의 중요한 가치가 될까 봐.

경쟁은 나쁜 것이 아니다. 그럼에도 나는 경쟁이 싫다. '가능하면 경쟁하지 말고 살자.'가 내 모토다. 비겁하다 욕해도 어쩔 수 없다. 이게 내가 살고 싶은 방향이다. 마음만은 베벌리힐스. 그나저나 점점 더 치열해지는 경쟁 사회에서 경쟁하지 않고 사는 게 가능할까? 스스로도 수없이 묻던 질문이다. 어쩌면 불가능할지도 모른다. 그래서 이건 불가능에 도전하는 용기다. 절대 비겁한 게 아니라고.

큰 사람은
좁은 곳에 들어가려
애쓰지 않는다

김동식 작가에게 관심을 갖게 된 건 소설집 『회색인간』을 읽게 되면서다. 별생각 없이 소파에 누워 책을 읽던 나는 몸을 벌떡 일으켰다.

'이 사람 뭐지?'

재밌어! 놀라워! 신선해! 이건 마치 외계로부터 '툭' 하고 떨어진 것 같은 소설이 아닌가. 지금까지 한국에 이런 소설은 없었다. 충격을 받은 나는 이 소설을 쓴 작가가 몹시도 궁금해졌다. 그때부터 김동식 작가에 대해 찾아보기 시작했다. 그리고 알게 되었다. 그의 소설이 왜 새로운지를.

김동식 작가는 이른바 '등단' 작가가 아니다. 우리나라의 소설가 대부분은 심사위원들이 심사하는 신춘문예나 문학상 공모전에서 수상하며 소설가라는 자격(?)을 얻는다. 이게 등단이다. 그리고 등단하지 않은 소설가는 소설가로 인정하지 않는 문단의 분위기가 있다고 한다. 그래서 소설가가 되려면 공모전에서 수상해야 한다는 공식은 불문율. (뭐 딱히 다른 방법이 많은 것도 아니고.) 소설가 지망생들이 계속

도전하다가 결국 등단하지 못하고 포기하는 경우도 허다하다.

　김동식 작가는 문학상 공모전에 작품을 내지 않았다. 아니, 애초에 소설가가 될 생각도 없었다. 그가 소설을 처음 쓴 곳은 인터넷. 그것도 문학인들이 들를 법한 곳이 아닌 '오늘의 유머' 사이트의 '공포 게시판'에 글을 썼다. 아마 자신이 쓴 것이 소설이라 생각하지도 않았던 것 같다. 그냥 재미있는 이야기를 쓴다고 여기지 않았을까. 김동식 작가는 잘 알려진 대로 중학교를 중퇴하고 이런저런 노동을 하며 살아온 사람이다. 평생 읽은 책이 열 권도 되지 않고, 전문적으로 글쓰기를 해본 적도 없단다. 옳거니. 그의 글에서 느껴지는 신선함은 거기서 나오는 게 분명하다. 마치 길들지 않은 야생마 같달까.

　그는 최근 10년 동안 지퍼나 벨트 버클을 만드는 주물공장에서 온종일 국자로 쇳물을 떠서 틀에 붓는 일을 했다. 무료한 일상이었다. 그러던 어느 날 즐겨 보던 '공포 게시판'에 자신이 지은 무서운 이야기를 올렸는데, 그 글이 반응을 얻고 댓글이 달리자 오직 댓글 보는 재미에 계속 글을 썼다. 아아, 이토록 단순하고 무모한 동기라니. 낮에는 공장에서 일하고 밤에는 글을 올리며 2년 동안 무려 340여 편의 단편을 썼다. 그렇게 인터넷에서 인기를 얻은 글이 책으로 출간됐다.

나는 이런 소식이 반갑다. 경쟁해서 성취하는 것이 아닌 사람들이 찾아오게 만드는 방식 말이다. 어딘가에 들어가려 애쓰지 않고 자신이 있는 곳에서 재미있게 글을 썼을 뿐인데, 그는 소설가가 되었다. 누군가로부터 자격을 얻는 방식도 있지만 스스로 자격을 만드는 사람도 있다. 이런 이야기가 더 많이 들리는 세상이 됐으면 좋겠다.

나는 그가 여러모로 장외(場外)에 선 인간이라 생각했다. 안이 아닌 바깥에 선 아웃사이더. 아웃사이더이기에 가능한 것들이 있다. 바깥에 선 자는 종종, 아니 내킬 때면 언제든 관찰자가 된다. 멀리 떨어져 무리를 관찰하고 그들의 우스꽝스러운 모습을 그려낸다. 그들만의 세계 속에 갇혀 깨닫지 못하는 것을 일깨운다. 아웃사이더는 울타리 안으로 돌을 던지는 자다. 동시에 무리에 휩쓸리지 않고 자기만의 길을 개척하는 모험가다.

김동식은 확실히 장외인간이다. 하지만 그가 장외에 서 있는 이유는 장에 들지 못해서가 아니다. 그는 장외로 뻗어나간 홈런볼이다.

넌 왜
위아래가 없냐

"돈 많으면 형이지."

  우스갯소리로 흔하게 하는 소리지만 나는 이 말이
싫다. 형 동생을 가르는 기준은 나이다. 나이에 따라
위와 아래가 정해지는 법칙은 한국 사회를 지탱하는
강력한 질서이자 전통이었다. 그러나 21세기, 질서가
바뀌었다. 자본주의 사회에선 돈으로 모든 서열이 정
해진다. 나보다 돈이 많으면 나이에 상관없이 형이란
다. 세상이 그런 식으로 돌아간다는 건 어쩔 수 없다
쳐도 내 입으로 동생을 형이라 부르는 건 좀 다른 문
제다. 돈으로 사람의 높낮이를 평가하는 세상의 룰에
굴복한다는 얘기니까.

  "잘 먹었어, 형."

  언젠가 밥값을 계산한 동생에게 형이라 부르며
감사의 마음을 전했다. 순간 뜨끔했다. 아아, 다른 말
로 고마움을 전할 수도 있었는데 왜 하필 그 말이 튀
어나온 것일까. 나도 모르는 사이 자본주의식 서열

에 익숙해진 것이 아닌가. 씁쓸했다.

　나이가 많으니 내가 위라는 꼰대적 마음은 아니었
다. 사람 사이에 위아래를 나누는 습관에 대한 반성
이었다. 아메리카에선 노인과 젊은이가 친구 먹고
그런다던데 유독 우리나라는 나이에 예민한 것 같
다. 친해지기 전 처음 묻는 질문도 "실례지만 나이가
어떻게 되세요?"가 아닌가. 존댓말을 쓸지 반말을
쓸지 정해야 하기 때문이다. 행인끼리 싸움이 붙었
을 때도 "너, 몇 살이야?" 같은 말을 쉽게 들을 수 있
다. 이건 한국 사람에게만 있는 습관이다. 일상에서
나이로 위아래를 정하는 관습이 누구를 만나든 서열
을 정하는 것에 익숙하게 만드는 게 아닐까. 사람을
위와 아래로 나누지 않고는 관계가 모호하고 불편해
서 그런가? 모르겠다. 어쨌든 나는 이제부터 아메리
칸 스타일로 살기로 했다. 형 동생 나누지 말고 우리
모두 친구 하자고.

　잘 먹었어, 친구. 앞으로도 나랑 친하게 지내줄 거
지? 응?

힘들어도
어른이니까

좋아하는 이야기가 있다.

뭐 대단한 이야기는 아니고, 어색함을 없애려 던지는 "제가 재미있는 얘기해드릴까요?" 하는 식의 실없는 농담이다. 이미 클래식이 된 이야기라 아는 사람이 많겠지만 허락한다면 한번 이야기해보겠다. 흠흠.

"엄마, 학교 가기 싫어요."

"왜 그러니, 얘야."

"선생님들은 저를 피하고, 아이들은 저랑 안 놀아줘요. 학교 가기 싫어요. 오늘은 학교에 안 갈 거예요!"

그랬더니 엄마가 뭐라고 했는지 아세요?

"그래도 학교는 가야지. 넌 교장이잖니."

아이고 내 배꼽.

내가 이 이야기를 들은 건 고등학생 무렵이었다. 지금까지 기억하고 좋아하는 걸 보면 어지간히 재미있었던 모양이다. 취향 저격이랄까. 사실 재미도 재미지만 마지막 반전은 정말 '식스 센스' 급이다. 학교 가기 싫다고 떼를 쓰는 주인공이 교장 선생님이었다니.

모든 고등학생이 그렇겠지만 나 역시 학교에 가기 싫었다. 수업은 지루하고, 우리를 가두고 억압하는 선생님들에게 괜한 반감을 품었다. 그럴 때 들은 이 이야기는 내 눈을 번쩍 뜨이게 해주었다.

'아, 선생님들도 학교에 나오고 싶어서 나오는 건 아니겠구나. 우리랑 똑같네.'

지금 들으면 너무 당연한 소리지만 그때는 어른의 입장이나 기분 따위를 신경 쓸 주제가 못 되었다. 무려 고등학생이 아닌가. 하지만 그 이야기를 들은 후부터 선생님들이 달리 보였다. 저 선생님도 오늘 학교 나오기 싫었을까? 애들이 말을 이렇게 안 들으니 얼마나 때려치우고 싶을까? 처자식 때문에 참는 거겠지? 밉기만 하던 선생님들이 조금 안쓰럽게 느껴졌다. '역지사지'라는 고급스러운 사자성어로도 깨우치지 못한 걸 유머를 통해 배웠으니 나에겐 특별한 이야기라 할 수 있다.

이 이야기가 내게 특별한 이유는 또 있다. 회사에 다닐 때의 이야기다. 출근하기 싫던 어느 날, 이 이야기가 다시 떠올랐다. 그때는 웃을 수 없었다. 아아, 나는 교장 선생님에 완전히 빙의될 만큼 어른이 되어 있었다. 그래도 회사엔 가야지, 난 회사원이니까. 떨어지지 않는 발을 질질 끌며 출근하던 지하철 안에서, 어쩐 일인지 이 이야기로 그림책을 만들어야겠다고 생각했다. 그렇게 나온 책이 『나도 학교 가기 싫어』다. '문화체육관광부 우수도서'에 선정된 책이라는 건 안 비밀. 그만큼 좋은 책이란 얘기다.

이 그림책의 주인공은 초등학교 선생님인데, 아침마다 학교 가기 싫다고 몸부림친다. 학교에 가면 교장 선생님께 혼나기 일쑤고, 학부모와의 만남은 언제나 긴장되고, 무엇보다 애들이 말을 더럽게 안 듣는다. 이대로 도망쳐서 여행을 떠날까. 이런저런 상상으로 시간을 보내다가 결국 마음을 먹는다.

"그래도 학교에 가야지. 왜냐면 난 선생님이니까."

우리 주인공은 이 역경을 잘 이겨낼 수 있을까.

아니, 어린이들이 읽을 건데 주인공이 학교 가기 싫어하는 선생님이라니. 교육상 안 좋은 거 아닙니까? 딴지를 걸어올 사람도 있을 것 같아 변명하자면, 아이들이 선생님을 마음껏 비웃길 바랐다. '와하하, 선생님이 뭐 이래.' 그렇게 웃으며 학교와 선생님에게 받은 스트레스를 조금이나마 날려버릴 수 있기를. 그러다가 내가 그랬던 것처럼 이런 생각에 이르겠지. '선생님도 나랑 똑같구나. 나만 학교 가기 싫은 게 아니었어.' 무섭고 멀게만 느껴졌던 선생님이 친근하게 느껴지며 묘한 동지애가 생기지 않을까. 그렇게 선생님과 학생들은 서로의 입장을 이해하며 즐거운 학교생활을 하게 되는 거다. 이 모든 걸 다 계산해서 그림책을 만들었다는 건 솔직히 방금 지어낸 얘기고, 그냥 어른도 놀고 싶다는 걸 말하고 싶었다. 깊은 뜻은 없다.

철저하게 어른의 마음으로 그렸다. 어린이 그림책을 그리는데 어린이의 마음으로 그려야 하지 않냐고 묻는다면, 나는 그런 거 못한다. 나는 어른이니까 아이의 마음 따위 알 리가 없다. 하지만 이건 안다. 어른의 마음이나 아이의 마음이나 크게 다르지 않다는 것. 그러니 어른의 마음으로 그림책을 그려도 괜찮다. 그게 곧 아이의 마음이니까. 가끔은 내가 어른이라는 생각이 들지 않는다. 내 속에 어린아이가 들어앉아 있는 듯한 기분을 자주 느낀다. 나는 아직 어린애인데 겉모습이 이렇게 늙어버려 어쩔 수 없이 어른인 척하면서 산다.

종종 이 그림책을 재미있게 읽었다는 아이들의 목소리를 선생님이나 부모님을 통해 전해 듣는다. 아이보다 자신이 더 재미있게 읽었다는 고백과 함께. 이렇게 아이와 어른 모두의 마음을 사로잡은 책인데 왜 안 팔리는 거냐고요. (지금은 절판되었다.)

재미있는 건 이 그림책을 그리던 내 모습이다. 당시 회사에 다니던 나는 퇴근 후 집에 돌아와 그림을 그렸다. 피곤해서 쉬고 싶었지만 어쩔 수 없었다. 매일 밤, 그림을 그리면서 소리쳤다.

"아아, 그림 그리기 싫어! 내가 왜 이걸 그린다고 했을까!"

우습지 않나? 학교 가기 싫어하는 선생님의 이야기를 그리는 그림 그리기 싫어하는 그림 작가라니. 인생은 가까이서 보면 비극이지만 멀리서 보면 희극이라 했던가. 내 삶엔 웃을 일이 넘쳐난다.

방금 어른과 아이의 차이점을 하나 발견했다. 힘든 일 앞에서 아이는 웃지 않지만 어른은 웃을 수 있다. 연륜에서 오는 여유인지 체념인지 아니면 해탈인지 알 수 없지만, 웃을 수 있다는 건 커다란 힘이다. 힘든 세상을 살아가야 할 때는 분노보다 웃음이 도움이 된다. 덕분에 아무도 죽이지 않고 무사히 하루를 끝낼 수 있는 거다. 우리가 괜히 해학의 민족이 아니다. 어쩌면 나는 웃기 위해 그림책을 그렸고 이 글을 쓰고 있는 것인지도 모른다. 이게 다 웃자고 하는 얘기. 모조리 웃음으로 승화시켜주겠어!

문제는
옷이 아니다

요즘 스웨트셔츠에 부쩍 관심이 생겼다. 흔히 맨투맨이라고 불리는 티셔츠 말이다. 그렇다. 40대는 한창 스웨트셔츠 좋아할 나이다. 글자나 로고가 들어간 옷을 입지 않는다는 신념이 있지만 스웨트셔츠는 가슴팍에 글자가 좀 들어가줘야 예쁜 것 같아서 스웨트셔츠에 한해 글자를 허용하고 있다. 특히 아이비룩에서 보이는 칼리지 로고가 좋다. 'HARVARD'나 'YALE' 같은 문구가 끌리는데, 이것도 혹시 학벌주의일까. 그 대학 출신도 아니면서 입어도 되는지 몰라 괜히 망설여진다. 학력 위조로 잡혀가면 어쩌지?

왜 이제 와서 스웨트셔츠에 관심이 생겼냐 하면 아무래도 생활이 바뀌었기 때문 아닐까. 출근하지 않는 프리랜서 생활도 3년이 넘었다. 생활이 달라지니 패션도 달라진다. 원래는 뒤집어쓰는 풀오버 형태의 상의보단 셔츠를 즐겨 입었는데 이제는 셔츠가 번거롭게 느껴진다. 외출이라고 해봤자 동네 커피숍에 가는 게 전부라 셔츠를 꺼내 입는 것도 과하게 느껴진다. 셔츠의 단추는 무려 일곱 개, 맨 위의 단추는 안 잠근다고 쳐도 여섯 개의 단추를 잠가 입을 생각을 하니 아아, 이게 이렇게까지 할 일인가 싶다. 입고 있던 이너에 스웨트셔츠를 뒤집어쓰고, 청바지를 입으면 집 앞에 잠깐 나가는 차림으로 충분하다. 예전에 외출할 땐 항상 헤어왁스로 머리를 만지고 나갔는데, 요즘은 베이스볼 캡을 쓴다. 그래서 덩달아 모자에도 관심이 생겼다. 나이도 들고 거의 반백수나 다름없다 보니 이제 슬슬 멋을 포기하는 게 아닌가 싶겠지만, 내 말을 들어보라.

옷 입을 때 가장 중요한 기본원칙이 TPO(Time, Place, Occasion)가 아닌가. 때와 장소와 상황에 맞는 옷을 입는 것이 기본이다. 그러니까 난 멋을 포기한 게 아니라 TPO에 맞게 옷차림을 달리하는 거라고 우겨보고 싶다. 나름 스웨트셔츠를 활용한 코디들을 찾아보며 완벽한 '동네 마실 룩'에 대해 연구 중이라는 말씀.

맘에 드는 스웨트셔츠 코디가 있다. 스웨트셔츠와 반바지를 매치해 입는 걸 좋아한다. 활동적이면서 소년스러운 귀여움이 있달까. 하지만 그렇게 입은 기억은 거의 없다. 나이가 걸림돌이 돼서는 아니고 온도 차이 때문이다. 스웨트셔츠를 꺼내 입을 정도의 날씨라면 더위는 지나갔고 찬 바람이 불기 시작할 때인데, 그런 날씨에 반바지를 입으면 다리가 너무 춥다. 그리하여 내게 스웨트셔츠와 반바지를 함께 입는다는 것은 둘 중 하나다. 상체의 더위를 견디든가 하체의 추위를 견디든가. 하지만 위가 됐든 아래가 됐든 견디는 건 별로다. 그래서 깨끗하게 포기하기로 한다. 스웨트셔츠를 포기하거나 반바지를 포기하거나. 포기하면 편하다. 혹시 나만 이런 건가? 어째 다른 사람들은 잘도 그렇게 입는지 모르겠다.

생각해보면 나는 항상 이와 비슷한 문제를 겪어왔다. 성적은 잘 받고 싶지만 공부는 하기 싫고, 돈은 많이 벌고 싶지만 일은 하기 싫고, 멋있게 보이고 싶지만 꾸미는 건 귀찮고. 함께할 수 없는 욕망이 서로 부딪치며 불협화음을 만들어낸다. 이쪽을 택하면 저쪽이 만족이 되지 않고, 저쪽을 택하면 이쪽이 만족스럽지 않고. 두 가지 마음이 함께하는 한 괴로움은 필수다. 옷차림처럼 한쪽을 과감하게 포기할 수 있다면 좋을 텐데. 사람의 마음이란 옷처럼 간단하지가 않으니 코디가 쉽지 않다.

내 삶에 문제가
끊이지 않는 이유

한 예능 프로그램에서 시민들에게 이렇게 물었다. 대부분의 사람이 자신은 주연이 아닌 조연이라고 답했다. 엑스트라라고 답한 이도 있었다. 그 마음은 알 만하다. 스포트라이트는 죄다 다른 사람에게 쏟아지고 내 삶은 조명 볼 일 없으니 말이다. 그런데 내게 같은 질문을 한다면, 나는 주저하지 않고 주인공으로 살고 있다 답을 할 거다.

영화에서 주인공을 맡는 배우는 어느 정도 '급'이 되는 배우다. 한마디로 '스타'다. 화려하고 모두의 주목을 받는. 거기서 우리의 오해가 시작된다. 주인공은 반짝반짝 빛나는 존재라고 생각한다. 하지만 그건 그 배우가 그렇다는 거지 영화 속 주인공이 그렇다는 게 아니다.

많은 영화와 드라마, 소설 속 주인공의 삶은 평범하다. 물론 주인공이 히어로나 도깨비, 백만장자처럼 특별한 경우도 있지만 대부분 주인공은 우리와 다를 바 없는 평범한 사람이다. 어떻게 평범한 사람이 이야기의 중심이 되느냐, 우선 그에게 문제가 생겨야 한다. 평범한 영업사원이 사고로 터널에 갇히거나(《터널》), 평범한 택시 기사가 아픈 역사의 한복판에 있게 되는(《택시 운전사》) 식이다. 꼭 생사가 걸린 대단한 문제만 이야기가 되는 것은 아니다. 소소한 문제도 훌륭한 소재가 된다. 빌려주고 못 받은 돈을 받으러 전 남자친구를 찾아가거나(《멋진 하루》), 15년 전의 첫사랑이 고객으로 찾아오는(《건축학개론》) 일상적인 갈등도 한 편의 영화가 된다. 중요한 건 아무 소란 없인 이야기가 시작되지 않는다는 점이다. 결국 주인공은 문제를 겪는 인물이라 할 수 있다. 마냥 편안하고 빛나는 삶을 사는 존재가 아닌 크고 작은 문제들로 고민하고 고통 받는 존재다.

주인공은 연극, 영화, 소설 따위에서 사건의 중심이 되는 인물을 말한다. 인생이 한 편의 영화라고 치자. 이 인생의 중심은 누구인가. 수많은 사건에 고민하고 고통받고 울고 웃는 주체는 누구인가. 누구의 눈으로 보고, 누구의 귀로 듣고, 누구의 머리로 생각하는가. 내가 중심이 아니라면 이렇게 생생할 리 없다. 이 고통, 이 불안, 이 슬픔. 차라리 남의 이야기라면 좀 더 편하게 지켜볼 수 있었을 것을. 내가 주인공이라는 증거다.

사는 게 힘들고 형벌처럼 느껴질 때마다 나는 고통받는 영화 속 주인공들을 떠올리곤 했다. 출구 없는 덫에 걸린 주인공들처럼 나 역시 그런 상황에 놓여 있다고. 이야기는 계속되어야 한다. 카메라는 멈추지 않고 돌아간다. 싸우든 견디든 나는 연기를 계속해야 한다. 나는 언제나 문제를 해결해나가는 주인공이었다. 한 번도 뒤로 물러나 있던 적은 없었다. 우리 모두가 그렇다.

세상엔 주인공처럼 보이는 이들이 넘쳐나지만 사실 그들은 내 인생의 조연일 뿐이다. 원빈도 정우성도 내 인생에선 스쳐 지나가는 단역이다. 내 영화에선 내가 주인공이다. 이 영화는 평범한 인물의 고민과 성장을 담은 휴먼 드라마. 그러니까 내가 맡은 배역은 잘난 사람들을 보며 부러워하면서도 자기에게 주어진 삶을 개척하며 살아가는 인물이다. 그렇게 모두가 자기 영화의 주인공이다.

근데 하나만 묻자. 이 영화 시나리오 누가 썼냐? 아주 개판이다. ¶

"넌 한 달에 얼마 버냐?"

　명절 때만 되면 이런 질문을 하는 친척이 꼭 있다. 이런 질문은 유독 남자 보는 눈이 없어 결혼과 이혼을 반복하는 고모의 남편, 즉 '이번 고모부' 같은 사람에게서 듣게 되는데(내 고모부가 그렇다는 건 아니고 예를 들면 그렇다는 겁니다, 에헴.), 갑작스러운 질문에 당황하여 나도 모르게 수입을 공개하고 나면 그는 금세 나에게 흥미를 잃고 다른 곳으로 가버린다. 뭐지? 방금 뭐가 지나간 거지? 왠지 모를 패배감에 몸이 부르르 떨린다. 수입이 너무 적은 것 같아 조금 불려서 말한 터라 상처는 더욱 깊다.

　땡땡땡! 어느새 시합은 끝나 있다. 링 위에 선 줄도 몰랐는데 이미 KO 당하고 누워 있는 자신을 발견하게 된다. 그리고 이런 비슷한 경험은 살면서 수도 없이 반복된다. 내가 원치도 않았고, 내가 잘하는 종목도 아닌데, 느닷없이 경기는 시작되고 나에 대한 평가가 내려진다. 참 서글픈 일이다.

　사람들이 다른 사람을 평가할 때 기준으로 삼는

것이 몇 가지 있다. 사람에겐 여러 가지 면이 있지만 제일 비교하기 쉽고 눈에 띄는 것으로 평가는 이뤄진다. 재력, 외모, 학벌, 스펙…… 솔직히 나도 그런 기준들로 타인을 평가해왔음을 고백한다. 아주 오랫동안. 재력이나 외모로 사람의 우열을 가렸고 학벌이나 스펙으로 그 사람의 가치를 판단했다. 정면으로 보이는 모습만 보고 한 사람을 쉽게 단정짓고 무시했으며 그들의 노력과 재능을 폄하했다. 응? 적다 보니 이거 아주 쓰레기네? 그러니 내가 그런 기준으로 평가받는다 해도 할 말은 없다. 다 자업자득인 셈이다. 그때 내가 했던 짓을 그대로 돌려받은 것뿐이다.

　"저는 측면이 더 괜찮아요. 정면 말고 제발 옆모습을 봐주세요!"라고 외치고 있는 내가 부끄럽다. 나조차 남들의 측면을 보려 하지 않으면서 내 측면을 봐달라 하고 있으니 이처럼 한심한 작자가 있나. 정면으로 평가받고 싶지 않다면 나부터 남들을 그것으로 평가하지 말아야 하지 않을까. 그건 남을 위한 것이 아니라 나 자신을 위한 것이다. 결국 타인을 향한 잣대는 돌고 돌아 나에게도 똑같이 적용될 것이므로. 그때 느낄 패배감은 그 누구도 아닌 나에게서부터 시작된 것이다.¶

룰을
알 수 없는 경기에
초대되었다

흔히 인생을 스포츠에 비유하곤 한다. 같은 선상, 같은 조건에서 평등하게 실력을 겨루는 경기 말이다. 그러나 현실에서의 경기는 좀 이상하다. 이해하기 쉽게 달리기 시합으로 예를 들면, 선수마다 출발선이 다 다르다. 누구의 출발선은 앞쪽에 그려져 있고, 누구의 선은 저 멀리 뒤에 그려져 있다. 또 누구는 자동차를 타고 경주에 임하며 누구는 자전거를, 다른 누구는 맨발로 달린다. 출발 신호 또한 선수마다 다르다. 태어난 순간 경주가 시작되는데 선수마다 태어난 날이 다르니 출발이 제각각이다. 나보다 1년 먼저 출발한 사람도 있고, 50년 먼저 출발한 사람도 있다. 이 경주에 출전한 선수의 수는…… 이게 좀 황당한데 대략 77억 명 정도다. 대한민국 리그만 따져도 5,000만 명이다. 그 사람들이 서로 엉켜서 경주를 한다. 출발선도, 이동수단도, 출발 시기도 다 다르다. TV 생중계로 이 대환장의 경기를 관람한다고 생각해보자. 그럼 이런 말이 절로 나올 거다.

이게 도대체 뭐 하자는 플레이야?

그러게 이게 뭐 하자는 플레이일까. 확실히 우리가 알고 있던 스포츠는 아니다.

세상을 다 안다고 생각한 적이 있었다. 세상의 원리는 단순한 경기와 같아서 개인의 노력에 따라 승패가 결정된다고 믿었다. 나이 들어서도 별 볼 일 없이 사는 어른들을 보면 노력을 하지 않으니 저 모양으로 사는 거라 생각했다. 패배자들. 술에 취해 지하철에서 큰 소리로 세상 탓, 대통령 탓이나 하는 무능한 인간. 나는 절대 그렇게 되지 않으리라 다짐했다. 나는 열렬한 노력 신봉자였다. 환경을 탓하는 건 비겁한 변명이고 노력하면 안 되는 게 없다고 믿었다. 아니, 그렇게 믿고 싶었는지도.

세월이 흘러 나는 어른이 됐다. 내가 비웃던 어른들처럼 별 볼 일 없는 어른이. 최선을 다해 살았는데 이 모양이다. 아무래도 노력이 부족했던 걸까.

영화 〈미스터 노바디〉의 첫 장면은 이렇게 시작한다. 상자 안에 비둘기를 가두고 버튼을 누르면 먹이통이 열리는 보상 장치를 해놓는다. 비둘기는 보상 장치의 원리를 금방 알아채고 부리로 버튼을 누르고 먹이를 먹는다. 이번엔 20초마다 자동으로 먹이통이 열리도록 설정을 바꾼다. 비둘기는 생각한다. 뭘 해야 열리는 거지? 우연히 비둘기가 날개를 움직이는 순간 문이 열리고 비둘기는 자신의 날갯짓이 먹이통을 열게 했다고 믿는다. 그 후 비둘기는 먹이통이 열릴 때까지 날갯짓을 반복한다. 자동으로 열리는 것도 모르고 말이다. 비둘기 실험이 끝나고 바로 이어지는 장면에선 싸늘한 시체가 된 주인공이 스스로 묻는다.

"내가 뭘 해서 이렇게 된 걸까?"

내가 묻고 싶은 말이다. 나는 뭘 해서 이렇게 된 걸까? 영화의 주인공도 나도 비둘기도 정확한 원인을 알지 못한다. 날개를 열심히 퍼덕이면 문이 열린다 믿었지만 이제는 모르겠다. 도무지 이 세계가 작동하는 원리를 모르겠다. 여기 두 사람이 있다. 두 사람이 같은 선택을 하고 똑같은 노력을 했다고 같은 결과가 나오진 않는다. 왜 그럴까? 일단 두 사람은 외모가 다르고 가정환경이 다르고 성격이 다르다. 타고난 재능이, 사주팔자가, 만나는 친구가 다르다. 심지어 잠버릇도 다르고 좋아하는 색깔도 다르다. 두 사람의 차이점을 말하자면 밤을 새워도 모자라다. 그 수많은 변수가 어떻게 결합해 어떤 결과를 내는지 파악하기란 거의 불가능하다. 그저 날갯짓을 했더니 문이 열리더라, 헛다리를 짚을 뿐이다. 세상을 다 안다고 생각했던 내가 부끄럽다.

마흔이 되던 해 한 가지 실험을 했다. 딱 1년 동안 아무런 노력을 하지 않기로. 하기 싫은 일은 하지 말고, 마음대로 살아보기로 했다. 한 번도 해본 적 없는 시도가 내 삶을 어떻게 만들지 궁금했다. 당연히 그런 삶이 지속 가능할 리는 없고, 1년의 시간이 지나면 다시 열심히 살 생각이었다. 나도 양심은 있다. 그런데 3년이 지난 지금까지 그 삶을 유지하고 있다. 나는 여전히 열심히 살지 않는다. 노력하지 않았던 그 1년이 내 삶을 크게 바꿔놓았다.

노력은 무의미하니 노력하지 말자 주장하려는 건 아니다. 만약 내가 그런 주장을 한다면 그건 "날갯짓이 아니라 발을 구르니 문이 열린다." 같은 또 다른 헛다리가 될 것이다. 나는 아직도 무엇이 이런 결과를 낳았는지 알지 못한다. 그리고 내년엔 또 어떻게 삶이 변할지 짐작도 안 된다. 혼란하다. 적어도 전에는 믿음이 있었고 법칙이 있었는데 지금은 모르겠다.

내가 아는 것은 내가 무지하다는 사실뿐이다. 덕분에 좀 겸손해졌다. 삶이란 단순하지 않아서 어떤 한 가지 원인으로 결과에 이르는 게 아니라는 걸 이제야 안다. 그리하여 모든 것이 내 책임이고 내 노력 탓이라는 생각을 좀 버렸다. 그건 참 오만한 생각이었다. 다시는 까불지 않겠습니다. ¶

대책은
없습니다만

어떻게 그런 용기 있는
선택을 하신 겁니까?

어차피 잃을 게 없어서...

가끔 퇴사에 관한 질문을 받는다. "퇴사하는 게 좋을까요? 안 하는 게 좋을까요?"부터 "퇴사하면 뭘 해서 먹고살아야 하죠?"까지. 그런 질문을 받다 보면 이런 생각이 든다. 아니, 그걸 왜 나한테 물어요? 나도 앞날이 캄캄하다고요. (웃음)

아마 내가 성공한 퇴사자의 좋은 본보기쯤으로 보이는 모양인데 그건 100퍼센트 오해. 나를 퇴사의 교본으로 삼았다가는 인생이 이상하게 꼬이는 수가 있다.

나는 잘 준비해서 퇴사한 케이스가 아니다. 내게 질문을 던지는 많은 사람과 똑같이 고민하고 고민하다가 에라 모르겠다, 대책 없이 퇴사한 경우라 누구에게 조언을 할 처지가 못 된다. 다행히 어쩌다 보니 책도 내고 또 그 책이 잘 팔리게 되어 회사로 돌아가지 않고 그럭저럭 일상을 꾸려갈 수 있겠다 싶지만 처음부터 그걸 계획하거나 가능하리라 생각한 건 아니었다. 단순하게 말해 그냥 운이 좋았다. 그런 이유로 수많은 퇴사 고민에 이렇게 답할 수밖에 없었다.

"아이고, 조금만 더 참아보세요. 퇴사가 모든 것을 해결해주는 건 아니에요."

퇴사 후 삶이 더 좋아질 수 있다. 반대로 더 나빠질 수도 있다. 좋아질 경우야 문제가 없지만 나빠지면 어쩌나. 책임질 수도 없는 말을 할 수는 없지 않은가. 퇴사하고 싶으면 해라, 무책임한 말을 해선 안 되는 거다. 먹고사는 일은 언제나 무겁다. 그럼 회사에 남아 무조건 버티는 게 답이냐 물어오면, 그건 또 아니라고 말할 수밖에 없다. 그러니까 나도 잘 모르겠다는 얘기다. 어쩌면 이것은 단순히 퇴사에 국한된 문제가 아니다. 살아가는 태도에 대한 문제다.

우리는 수많은 선택을 하며 살아간다. 그리고 선택은 언제나 두렵다. 이유는 내 선택이 어떤 결과를 가져올지 알 수 없기 때문이다. 미래는 알 수 없다. 그 불확실성이 우리를 두려움에 떨게 만든다. 이 선택으로 삶이 더 좋아질까? 아니면 나빠질까? 아무도 모른다. 결과를 알 방법이 딱 하나 있다. 그 길로 가보는 것. 그 방법밖에는 없다.

사실 나는 타고난 겁쟁이다. 그래서 오랫동안 두려움에 시달리며 살았다. 마흔쯤 되자 이젠 좀 다르게 살아보고 싶은 마음이 생겼다. 좀 지긋지긋하다고 할까. 잃을 것도 별로 없으면서 겁내는 나 자신이 한심했다. 어차피 망한 인생인데, 뭘 더 걱정하는 거야? 없던 용기가 났다. 어쩌면 반항이었는지도 모르겠다. 내 맘대로 되지 않는 인생에 대들고 싶은 마음이랄까. 어쨌든, 살면서 처음으로 막살아보자고 마음먹었다. 그리고 저질렀다. 그 결과 인생이 이렇게 이상하게 흘러가고 있다. 물론 좋은 쪽으로. 앞으로도 잘 흘러가길 바랄 뿐이다.

우리에겐 '될 대로 돼라.' 정신이 필요하다. '될 대로 돼라.'는 진짜 되는 대로 막살겠다는 말이 아니다. 겁내지 않겠다는 얘기다. 어찌 될지 알 수 없지만 일단은 가보겠다는 담대함이다. 또한 그 결과를 온전히 받아들이겠다는 책임감이다.

어떻게 될지 몰라서 '무서워.'가 아닌,

어떻게 될지 몰라서 '궁금해.'로 살면

인생의 본질은 불확실성이다. 인간이 아무리 예측하고 계획을 세우고 대책을 마련하려 애를 써도 미래를 완벽히 준비할 수 없다. 우리는 이 불확실성을 즐겨야 한다. 그럼으로써 좀 더 가벼워질 수 있다. 어쩌면 인생은 우리 생각처럼 그리 무거운 것이 아닐지도 모른다. 설령 무겁고 무서운 것이라 해도 벌벌 떨면서 살고 싶지 않다.

가볍게 살고 싶다. 두려움보단 호기심으로 살고 싶다. 나는 어떻게 될까? 인생이 나를 어디로 데려다 놓는다 해도, 설령 그곳이 지금보다 더 형편없는 곳일지라도, 나는 거기서 또 잘 살아낼 것이다. 그렇게 믿고 있다. 아아, 밑도 끝도 없는 이 믿음. 정말 대책이 없다. 근데 왜 또 설레고 난리?

행복은
셀프

"결혼도 하지 않고 아이도 안 낳고! 책임질 게 없으니 가볍게 살 수 있는 거 아니냐?"

종종 이런 분노(?) 섞인 말을 듣는다. 맞는 말이긴 한데 좀 억울하다. 나는 나처럼 살라고 강요한 적 없다. 그냥 내가 좋아 이러고 사는 거다. 본인들도 본인이 좋아서 결혼하고 애 낳았으면서 왜 나한테 뭐라 그래요? (웃음)

'무자식이 상팔자'라는 속담이 있다. 나는 선인들의 가르침대로 살고 있을 뿐이다. 결혼과 출산엔 큰 책임과 희생이 따른다. 너무너무 잘 알고 있다. 그래서 내가 결혼을 못한다. 나는 무능하고 이기적인 인간이라 그냥 이렇게 사는 게 맞다. 능력 없는 사람이 결혼하면 어떤 일이 벌어지는지 꽤 오랫동안 지켜봤다. 괜히 결혼해서 여러 사람 힘들게 하고 싶진 않다고 할까, 솔직히 나 하나 책임지는 것도 벅차다. 그러니까 나는 능력이 없는 죄로 스스로 독신을 택한 셈이다. 그래도 위로가 안 되는 기혼자들을 위해 독신이 감당해야 할 삶을 들려주겠다.

가끔 이대로 내가 늙었을 때를 상상해보곤 한다. 결혼도 하지 않고 아이도 없이 홀로 늙은 나를. (벌써 쓸쓸하다.) 매일 혼자 밥을 먹고, 핸드폰은 울리지 않는다. 내 생사를 궁금해하고 돌봐줄 가족은 없다. 모든 걸 나 스스로 해결해야 하며 의지할 사람도 없다. 아마 원룸 같은 데서 혼자 살다가 고독사하겠지. 그게 내 운명이겠지. 죽음. 내 유전자는 후세로 전해지지 못하고 나에게서 끝이 난다. 멸종 위기 인간. 리멤버 미! 하고 외쳐봤자 나를 기억해줄 후손은 없다. 아아, 잠깐 눈물 좀 닦고 오겠다. 내가 택한 삶은 이런 거다. 그리 부러워할 게 못 된다. 어떤 선택을 하더라도 치러야 할 대가가 있는 법이다.

아이를 그다지 좋아하지 않았는데 나이가 들어서 그런지 아이들이 그렇게 예쁠 수가 없다. 자그마한 손, 오동통한 볼, 이렇게까지 귀여울 필요가 있나 싶게 귀엽다. 가만있어도 예쁜데 나를 보며 웃어주기라도 하면 하아, 마음이 그냥 녹아내리고 만다. 그 웃음이 계속 보고 싶어 아이 앞에서 재롱을 떨고 있는 나. 그런 나를 보며 누군가는 이런 말을 한다. 애 낳을 때가 됐네. 맞다. 그럴지도. 남의 애도 이렇게 예쁜데 내 아이면 얼마나 예쁠까. 내 아이를 갖는다는 벅찬 감동과 행복. 우주의 신비. 이러니 다들 상팔자를 포기하고 애를 낳는 것이겠지.

하지만 나에겐 그렇게 간단한 문제가 아니다. 나 하나 즐거워지자고 낳아도 되는 건지, 내가 부모가 될 자격이 있는지, 무엇보다 내가 그런 삶을 원하는지 잘 모르겠다. 몰라서 안 하고 있다. 원하지도 않는데 남들 따라 의무감으로 할 수는 없는 일이다. 결혼을 해도 내가 하고 싶을 때 할 거다. 그때가 되면 너무 늦을 거라고? 그럼 어쩔 수 없다고 생각한다. 그냥 이렇게 살다가 죽는 거지 뭐. 그러니까 내 일은 내가 알아서 할 테니 제발 강요하지 말았으면 좋겠다.

한국에서 결혼하지 않거나 아이를 낳지 않으면 엄청난 저항을 받는다. 부모의 성화는 당연하고 형제, 친척, 친구, 직장 상사, 택시 기사, 지하철 옆자리에 앉은 할머니 등에게 한 소리 듣는 것이 일상이다. 심지어 나는 댓글을 통해 일면식도 없는 이에게도 결혼해서 아이를 낳아야지 그렇게 살면 안 된다는 훈계를 종종 듣는다. 뭐라더라. '결혼해서 애 낳아라.'라는 말은 '살인하지 마라.' '도둑질하지 마라.'처럼 절대적으로 옳은 말이니 해도 된다는 개소리를 남기고 갔다. 조선시대 아니고 21세기에 벌어지고 있는 일이다.

김연자 누나가 그랬다. 연애는 필수, 결혼은 선택이라고. 예전엔 결혼이 선택의 영역이 아니었다. 싫어도 해야만 하는 것이었다. 하지만 이젠 선택이 되었다. 선택지가 넓어진 것을 어찌 나쁘게만 생각할 수 있을까.

비혼이나 무자녀는 어디까지나 개인의 자유인데 마치 뿌리 뽑아야 할 사회악인 양 취급을 받는다. 오랫동안 당연시되어온 관습이니 이해가 가는 부분도 없진 않지만 해도 해도 너무하다 싶다. 유독 결혼과 출산 문제에 더 예민한 것 같은데 왜 이러는 걸까.

과학적인 관점에서 인간은 동물이다. 동물에게 내재한 가장 중요한 본능은 '생존'과 '번식'일 것이다. 살아남기와 자손을 낳아 종을 유지하는 것. 어쩌면 모든 생명의 존재 이유가 그 이상도 이하도 아닐 것이다. 그렇게 따지면 난 본능을 거스르는 자이자 종의 발전에 별로 필요 없는 존재다. 사이렌이 울린다. 낙오자 발생! 종을 유지할 의무를 저버리는 자를 가만둘 수 없다. 종의 수호자들이여 단결하라! 개인의 번식 본능이 말을 듣지 않으니 사회가 나설 수밖에. 세상이 내게 외치는 소리가 들린다. "번식해! 번식해!" 마치 인류라는 종 전체에 맞서고 있는 기분이다.

아이를 많이 안 낳아서 앞으로 큰일이 날 거라는 목소리가 여기저기서 들리지만, 나는 별로 걱정하지 않는다. 10년쯤 후에는 지금보다 살기 좋아져서 사람들이 아이를 많이 낳을지도 모르는 일이다. 설령 계속 출생률이 줄어든다고 하더라도 그것이 나쁜지 좋은지 겪어보지 않고는 모르는 것이다. 세상은 언제나 변화를 거듭해왔고 이것 역시 변화해가는 세상의 한 모습이다. 사람들이 예전보다 아이를 적게 낳는 것은 변화한 시대와 가치관에 따른 자연스러운 현상이다. 개인의 자유와 선택을 부정하고 닦달해서 아이를 낳게 할 수는 없는 노릇이고. 줄어들면 줄

어드는 것에 맞춰 살아가면 그뿐이다. 안 낳는 덴 다이유가 있다. 무조건 아이를 많이 낳으면 모든 문제가 해결될 거라 믿는다면 정말 순진한 거다. 아이를 많이 낳으면 그것 때문에 또 다른 문제들이 생길 것이다.

유발 하라리의 『사피엔스』에 이런 얘기가 나온다. 진화적 관점에서 '성공'은 생존과 번식으로만 판단할 뿐, 개체의 행복이나 고통 따위는 고려 대상이 아니라고. 즉, 종의 구성원들이 불행하더라도 머릿수만 많으면 성공한 종으로 본다는 것이다. 왜 출생률이 떨어지는지 이유는 생각도 않고 무조건 낳으라고 외치는 일부 사람들의 논리와 겹친다. 개개인의 행복엔 관심이 없고 오로지 경제성장을 위해 낳으라고 한다. 오호, 그렇게 나오시겠다? 그럼 나도 가만있을 순 없지. 반대로 나는 종의 성공 따위엔 관심이 없다. 아이를 안 낳으면 나라 경제가 위험해진다는 협박에도 흔들리지 않는다. 내 행복이 우선이다. 결혼과 출산을 하지 않는 사람들에게 "이기적이다." 말하는 이가 있는데, 도대체 그게 왜 이기적인 행동인지 모르겠거니와, 그 문제만큼은 철저하게 이기적이어야 한다고 생각한다. 인류를 위해, 혹은 나라의 경제를 위해 출산하겠다는 사람이 있다면 크게 잘못된 거다. 내 행복을 위해 하는 게 결혼이고 출산이다. 다른 누굴 위해 해서는 안 된다.

이렇게 살아라 저렇게 살아라 참견은 많지만, 사실 이 세상은 내 행복 따위에 관심이 없다. 내 행복을 챙길 사람은 오직 나뿐이다.

"부모가 된다는 건 인생에서 가장 가치 있고 행복한 일이다."

이 말을 부정하고 싶은 마음은 없다. 나 역시 동감한다. 많은 사람이 경제적 이유로 결혼과 출산을 포기하지 않는 사회가 되길 누구보다 바라고 있다. 가능한 한 많은 사람이 가정을 이루고 아이를 낳아 행복했으면 좋겠다. (그것이 그들이 원하는 것이라면.) 하지만 모두가 결혼한다고, 부모가 된다고 행복한 것은 아니다. 부모가 되지 말아야 할 사람이 부모가 되는 경우를 많이 봤다. 본인도 괴롭고 자식들도 괴롭다.

언론인 김어준은 오래전 한 강연에서 이런 얘길 했다. 자신에게 수많은 고민 사연이 오는데 20~30대 여성 절반의 고민은 같은 내용이라고. 수만 명의 공통된 고민은 이거다.

"오래 만난 남자친구가 있는데 사랑하지만 경제적으로 불안하고요, 새로 나타난 남자는 사랑하진 않지만 경제력이 좋아요. 저는 누구랑 결혼해야 하나요?"

놀랍게도 남자들의 직업과 이름만 바뀔 뿐, 내용은 다 똑같단다. 이 고민에 김어준은 이렇게 답했다. 경제적으로 풍요로우면 사랑이 없어도 만족하며 결혼생활을 잘하는 사람이 있다. 반대로 재벌과 결혼해도 사랑이 없으면 이혼해야 하는 사람도 있다. 사람에 따라 다르다. 그러니까 이 질문은 "저는 어떤 사람일까요?"라고 묻는 거랑 같다. 이런 바보 같은 질문이 어디 있나. 자신이 어떤 사람인지, 무얼 해야 행복한 사람인지 대신 알려달라는 소리니 말이다.

낳아야 한다, 안 낳아도 된다, 맞고 틀리고는 없다. 애초에 만인에게 들어맞는 정답은 없다. 본인이 어떻게 살아야 행복한 사람인지 스스로 묻는 게 먼저 아닐까. 그래야 행복한 부모가 될 수 있고, 행복한 싱글이 될 수 있다.

분명한 건 행복한 사람은 타인에게 자신의 삶과 방식을 강요하지 않는다는 점이다. 자신이 행복한지 아닌지 헷갈리는 사람만이 타인의 삶을 부정한다. 자기처럼 살라고 한다. 그래야만 자신의 선택이 옳은 것이 되므로.

이왕 해야 하는 거라면
즐겁게

몇 년 전부터 클래식 면도기로 면도를 한다.

여기서 말하는 클래식 면도기는 '안전 면도기' 혹은 '양날 면도기'로 불리는 면도기다. 양날 면도날(그 옛날 껌 좀 씹던 누나들이 껌과 함께 씹었다던.)을 끼워 사용하는 수동식 금속 면도기 말이다. 면도날도 면도기도 100여 년 전의 원형을 그대로 유지한 그야말로 클래식이다. AI가 바둑을 두고 자율주행 자동차가 나오는 21세기에 시대를 역행해 20세기 기술을 사용하다니 좀 미련하다 싶겠지만 그게 다 이유가 있다.

나 역시 오랫동안 '질레트'나 '쉬크'에서 만드는 카트리지 면도기를 썼다. 5중 면도날이 피부 속 숨은 수염까지 깨끗하게, 어떤 굴곡에도 자유롭게 꺾이는 헤드가 밀착 면도를, 피부 자극을 덜어주는 윤활 밴드가 부드러운 면도를 가능하게 해준다는 광고를 한 번쯤은 봤을 것이다. 확실히 카트리지 면도기는 간편하고 잘 깎인다. 문제는 카트리지 면도날이 더럽게 비싸다는 거다. 위생이나 무뎌짐을 생각하면 면도날을 자주 바꿔줘야 맞지만 면도날 하나에

4,000~5,000원씩 하니, 아까워서 잘 안 깎일 때까지 쓰게 되더라. 무뎌진 날로 면도를 하다 피를 본 어느 날, 울화가 치밀었다. 이게 이렇게 비쌀 이유가 뭐란 말인가. 최첨단 기술 같은 건 필요 없다고. 뭔가 필요 이상의 것을 비싼 돈을 주고 사야 하는 억울한 기분 이었다. 그러다가 이런 것도 마음껏 사지 못하는 내 처지에 화가 났고, 왜 하필 남자로 태어나 매일 면도 를 해야 하는 운명에 처했는지 한탄했으며, 종국엔 내가 태어난 것 자체를 원망하기에 이르렀다는 건 좀 과장이지만…… 아무튼 그 정도로 화가 났다.

여러 가지 대안을 검색하던 중 클래식 면도기를 알게 되었다. 그 옛날 아버지가 쓰던 구식 면도기. 역 사 속으로 사라진 줄 알았던 그 면도기를 쓰는 사람 들이 아직 있다는 것도, 다양한 브랜드에서 줄기차 게 생산하고 있다는 것도 그때 알았다. 그리고 나는 클래식 면도기와 사랑에 빠졌다.

'아, 아름답다.'

그동안 내가 써오던 면도기와는 차원이 다른 아름 다움이 있었다. 나는 질레트의 카트리지 면도기를 보면서 예쁘다고 생각한 적이 없다. 뭔가 최첨단의 기술을 잔뜩 담고 있는 듯한 미래지향적 디자인은 솔직히 내 취향이 아니다. 단순한 디자인, 단순한 기능, 금속 재질의 묵직한 외형. 클래식 면도기야말로 내가 원하는 디자인의 면도기였다. (나는 단순한 구조와 기능을 가진, 불편하고 아날로그적인 물건에 끌리는 변태 같은 취향이 있다.) 그래, 결심했어. 평생 면도를 해야 하는 것이 남자의 숙명이라면, 이왕이면 예쁜 거로 해보자. 좀 비싼 가격에도 불구하고 클래식 면도기 세트를 구입하고 말았다. 이게 다 비싼 면도날 때문에 시작된 것이라는 사실도 까맣게 잊고 말이다. 어쩌면 가격이 문제가 아니었는지도 모른다.

클래식 면도기로 면도를 하려면 우선 비누 거품을 만들어야 한다. 향이 좋은 면도 비누에 젖은 오소리 털 브러시를 문질러 거품을 낸다. 그 거품을 손바닥만 한 볼에 옮겨와 브러시로 저어주며 부드러운 거품을 만든다. 이게 달걀흰자로 거품을 내는 머랭 치기와 비슷한데, 브러시를 빠르게 저어줘야 머랭처럼 부드럽고 쫀쫀한 질감의 거품을 얻을 수 있다. 가끔 손목이 아플 때까지 거품을 만들다 보면 내가 왜 사서 이 고생을 하나 싶을 때도 있다. 펌프만 누르면 쉬-익 적당한 거품이 나오는 간편한 세이빙 크림도 있지만 클래식 면도에 그런 인스턴트를 쓸 수는 없는 노릇이다. 옛 남자들이 행했던 방식을 고수하고 싶다. 그래야 클래식 면도다. 휴, 전통을 지켜간다는 게 쉽지 않다.

거품이 만들어졌으면 이제 얼굴에 처덕처덕 바르면 된다. 산타할아버지가 될 때까지. 그러고 나면 이제 아름다운 크롬 재질의 면도기가 등장할 때다. 클래식 면도기는 힘을 주어 그으면 안 된다. 안전망이 따로 없기에 무리하게 힘을 주다간 세면대가 새빨갛게 물드는 걸 보는 수가 있다. 그렇다고 너무 무서워할 필요는 없다. 손에 힘을 빼고 그저 묵직한 면도기의 무게로 내린다 생각하면 다칠 일 없이 안전하니까. 조금만 해보면 감이 온다. 면도기가 지나가며 풍성한 하얀 거품을 걷어낸다. 거품이 다 걷히면 또 거품을 바른다. 한 번에 깨끗하게 밀어버리려 하지 말고 조금씩 수염의 길이를 줄여간다는 느낌으로 여러 번에 나눠 면도하는 인내와 여유가 필요하다.

　그나저나 옛날 방식의 면도기로 면도가 잘될까? 나도 의문이었다. 솔직히 얘기하면 아무래도 카트리지 면도기에 비해 면도가 덜 된 느낌이 든다. (내 기술 탓도 있겠지만.) 그도 그럴 것이 카트리지는 5중 날이 아닌가. 한 번 그을 때마다 5개의 날이 얼굴 위를 지나간다는 얘기다. 털끝 하나 남기지 않겠다는 의지다. 거기다 피부 속에 들어 있는 털까지 당겨서 깎아내는 기술이 있으니 카트리지 면도기의 성능은 완벽에 가깝다. 그런데 그게 꼭 좋은 건 아니란다. 그런 기술 때문에 인그로운 헤어(ingrown hair)가 생기고 자극도 심해 피부 트러블이 생긴다. 반면 클래식 면도기는 무리하는 법이 없다. 한 번 그을 때 단 하나의 칼날만이 피부 위를 지나가며 피부 밖으로 나온 수염만 제거한다. 완벽하지 않지만 깔끔한 인상을 주는 데 부족함이 없는, 딱 좋은 정도의 면도라고 말하고 싶다. 확실히 피부 트러블도 없다.

클래식 면도기로 바꾸고 면도가 좋아졌다. 원래 나는 면도하는 걸 굉장히 귀찮아했다. 더 깨끗하게, 더 빠르게, 더 편리하게. 발전에 발전을 거듭해온 카트리지 면도기로 면도를 하면 5분도 걸리지 않지만 그게 그렇게 귀찮았다. 클래식 면도기로 바꾼 후, 면도하는 풍경이 바뀌었다. 음악을 선곡하는 것으로 면도가 시작된다. 욕실에 좋아하는 노래가 은은하게 울려 퍼지면 모공을 열어주기 위해 뜨거운 물을 받아 천천히 세안을 한다. 이젠 제법 능숙하게 비누 거품을 만들어 무리하지 않고 천천히 면도를 한다. 그래 봤자 걸리는 시간은 서너 곡의 노래가 플레이되는 정도다. 어느새 나는 면도를 즐기는 사람이 되었다.

시간도 더 걸리고 불편해졌는데 귀찮기만 했던 면도가 어떻게 즐거운 일이 되었는지, 이 오래된 기술이 내게 어떤 마법을 부린 것인지 잘 모르겠다. 아마 면도기가 예뻐서 그런 게 아닐까 하고 짐작할 뿐이다. 영화 〈친절한 금자씨〉에서 금자는 복수를 위한 총을 주문 제작하는데, 손잡이에 장식을 넣은 굉장히 예쁜 모양을 고집한다. 총이 잘 나가면 됐지 뭘 그리 모양에 신경 쓰냐는 제작자의 말에 금자는 이렇게 얘기한다.

"예뻐야 돼. 뭐든지 예쁜 게 좋아."

그렇다. 뭐든지 예쁜 게 좋다. 내 취향에 맞는 물건을 사용하는 것이 얼마나 재미있는 일인지 이제야 알 것 같다. 빠르게 해치우고 싶은 시간이 아니라 취향에 맞는 물건을 천천히 가지고 노는 시간이랄까. 복수도 면도도 천천히 해야 제맛이다. 응? 무슨 박찬욱 감독이 할 법한 이상한 소리를. 아무튼, 나는 20세기의 면도가 좋다.

이건 내 취향이
아니지만

처음 평양냉면을 먹었을 때가 생각난다. 아주 무더운 여름날이었고 시원한 냉면이 먹고 싶어 '면옥'이라 적힌 글자만 보고 식당으로 들어갔다. 나중에 알고 보니 그곳은 유명한 평양냉면집이었다. 당시 나는 냉면이 '평양'과 '함흥'으로 크게 나뉜다는 기본적인 사실조차 몰랐다. 내가 아는 냉면은 식초와 겨자를 뿌려 먹는 살얼음이 동동 떠 있는 시원한 냉면이 전부였고 당연히 그걸 기대했다. 그러니 내가 얼마나 당황했을지 상상해보라.

주문한 물냉면이 나왔는데 일단 비주얼부터가 의심스러웠다. 응당 있어야 할 얼음이 없었다. 마셔보니 역시나 미지근했다. 이러면 냉면이라 부를 수 없는 것 아닌가. 육수의 맛은 더욱더 충격적이었다. 간이 되어 있지 않은 맹물, 더 정확히 말하면 걸레를 빤 것 같은 냄새가 나는 밍밍한 국물이었다. 판단이 섰다. 이건 도저히 사람이 먹을 음식이 못 된다고. 나는 주방에서 실수로 음식을 잘못 만들었다고 생각했다. 당장이라도 사장을 불러 따지고 싶었지만 나는 매너 있고 너그러운 사람이므로 조용히 젓가락을 내려놓고

값을 치르고 가게를 나왔다. 그 일로 한 가지는 분명히 배웠다. 냉면 먹을 땐 평양 근처에도 가지 말아라.

시간이 한참 흘러 여기저기서 평양냉면을 찬양하는 목소리들이 들려왔다. 즐겨보던 음식 프로그램에서도 여러 차례 평양냉면을 다룰 정도로 평양냉면 붐이 일었다. 평양냉면을 즐기는 사람들은 자신들이 미식가라고 뽐냈고, 평양냉면 맛을 모르는 사람들을 어린이 입맛 취급했다. 으, 꼴 보기 싫어. 평양냉면 먹는 게 무슨 벼슬이라도 되는가 말이다. 그런데 호기심이 일었다. 도대체 어떤 매력이 있기에 평양냉면을 좋아하는 사람이 이리 많단 말인가. 혹시 내가 잘못 만든 평양냉면을 먹었던 것은 아닐까.

그래서 다른 식당에서 다시 시도해보았다. 아니었다. 처음 먹었을 때와 똑같았다. 여전히 간은 안 되어 있고 미지근했다. 하지만 한번 경험해봤다고 충격은 덜했다. 맛은 모르겠지만 면은 다 건져 먹을 수 있었다. 이후로도 평양냉면을 종종 먹었다. 일부러 찾아 먹지는 않았지만 기회가 될 때마다 마다하지 않고 평양냉면을 먹었다. 순전히 호기심이었다. 호기심은 어떤 행위를 하게 하는 가장 강력한 동기다. 설령 그것이 위험하고 무모하다 할지라도. 왜 공포 영화에 나오는 인물들은 얼핏 봐도 위험해 보이는 걸 열어보다가 죽질 않나. 그놈의 호기심 때문에. 어쩌면 나 역시 위험한 문을 열어버린 건지도 모른다. 나도 모르는 새 당해버렸다.

이젠 맛있다는 평양냉면집을 찾아다니며 먹는 지경이 됐다. 그리 놀랄 일은 아니다. 이게 일반적인 평양냉면 입문 순서다. 처음부터 입에 맞는 경우도 있겠지만 대부분은 당황한다. 그리고 여러 번 도전한 끝에 그 맛을 이해하는 단계에 이른다. 그렇다고 미식가가 된 건 아니니 으스대지 말 것.

처음부터 "내 취향이야." 하는 것들이 있다. 그런가 하면 어떤 취향은 한 번에 얻어지지 않고 여러 번 시도한 끝에 얻어지기도 한다. 그래서 첫인상만으로 안 맞는다 단정 짓고 멀리하는 건 조금 아까운 일이다. 물론 여러 번 시도한 후에도 여전히 싫을 수 있다. 하지만 한 번의 시도로 거부한 것이 평생 즐길 좋은 친구가 될 수 있었을지 누가 아는가. 우리는 너그러움을 가져야 한다. 입에 맞지 않는 음식을 몇 번 더 먹어보는 마음의 여유 정도는 가지고 살아야 한다.

실패 없는 것만을 추구해선 좋은 취향이 생기지 않는다. 그러니까 내 글이 입맛에 맞지 않는다고 책을 덮어버리는 건 조금 성급한 판단이다. 이게요, 나중엔 중독된다니까요. ¶

급할수록
쉬어가자

아침, 아니 점심에 눈을 떠서 제일 먼저 하는 일은 커피를 내리는 일이다. 커피를 마셔야 하루가 시작된다. 잠들어 있던 몸과 정신이 다시 움직이려면 예열이 필요하다. 뜨뜻한 커피가 위장으로 흘러 들어가 몸을 데운다. 그렇게 멍하니 앉아 커피를 마시며 다시 하루를 살아낼 준비를 한다. 그 잉여로운 시간이 좋다. 향긋한 커피 향과 머그컵을 감싸 쥔 손에 느껴지는 온기. 왠지 오늘도 무난한 하루가 될 것 같은 근거 없는 예감이 든다. 커피가 아니라 다른 음료였다면 이런 시작이 가능할까. 커피가 아니라면 불가능하다. 아니, 싫다. 커피여야만 한다. 이 정도면 커피 중독이라 불러도 좋다.

나는 언제부터 이렇게 커피를 즐기기 시작했을까. 아쉽지만 생각나지 않는다. 그런 걸 기억하고 있어야 이야기가 재미있게 흘러갈 텐데 나는 기억력이 별로다. 지나간 일들이 잘 생각나질 않는다. 소심한 데 반해 무심한 구석도 있어서 자잘한 일들은 다 잊어버린다. 그래서 과거의 세세한 일들과 감정을 기억하는 사람을 볼 때마다 조금 부럽다.

커피는 무조건 '아메리카노'로 마신다. 단맛이 나는 음료를 좋아하지 않기도 하고 우유를 먹으면 배가 아픈 탓에 카페라테나 카푸치노 같은 커피는 마시질 못한다. 설탕이나 우유가 들어간 커피를 마시면 입안이 텁텁해져 당장 이를 닦고 싶어지는 것도 이유다. 여러모로 아메리카노를 마실 운명이다.

진한 에스프레소에 뜨거운 물을 탄 것이 아메리카노. 아메리카노를 좋아하니 그 원액인 에스프레소도 잘 맞을 것 같아 마셔본 적이 있는데 그 첫맛은 "아우, 짜."였다. "써."가 아닌 "짜."라니. 커피가 짤 리가 없는데도 그렇게 느꼈다. 그날 알았다. 너무 쓰니까 뇌도 놀라 오류를 일으키는구나. 그 후로 에스프레소를 마시지 않는다. 너무 쓰기도 하고 양이 너무 적어서다. 나는 커피를 맛으로도 먹지만 커피 마시는 시간 자체를 즐기는 사람이라서 한 번에 입에 털어넣는 에스프레소는 너무 허무하게 느껴진다. 뭔가 급하게 '주입'하는 느낌이랄까. 커피 타임은 그래선 곤란하다. 커피를 핑계로 시간을 허비해줘야 제맛이다. 아메리카노는 여유 있는 커피 타임을 보장한다.

후후 불어 천천히 마시게 되니 없던 여유도 생긴다. 그런 이유로 아이스 아메리카노보단 따뜻한 아메리카노를 더 자주 마신다.

커피는 아니지만 카페에 대한 첫 기억이 떠올랐다. 내가 카페라는 곳에 처음 가본 것은 재수생 때였다. 어느 날, 같은 미술학원에 다니던 여자애가 마실 것을 사준다며 나를 카페로 데리고 갔다. 난생처음 카페라는 곳에 간 나는 약간 긴장했다. 무얼 마시겠느냐는 여자애의 물음에 메뉴판을 살피다가 "오렌지 주스!"라고 답했다. (그때까지만 해도 커피를 마셔본 적이 없었다.) 주문한 오렌지 주스가 나오자, 마침 목이 말랐던 나는 단숨에 그걸 들이켰다. 음료를 다 마시는 데는 5분도 걸리지 않았다. 다 마셨으니 일어나려 하는데 맞은편에 앉은 그녀는 일어설 생각이 없어 보였다. 음료는 마시지 않고 테이블마다 놓인 유선 전화기로 삐삐(호출기)에 남겨진 메시지를 확인하며 여유를 부리고 있었다.

나는 안절부절못했다. 음료를 마시러 왔으면 음료

를 마셔야 할 텐데…… 빨리 안 마신다고 점원들이 눈치를 주면 어쩌지? 어쩔 줄 몰라 하던 나는 그녀에게 빨리 마시고 가자고 졸랐고, 결국 카페에 들어간 지 15분도 되지 않아 나왔던 것으로 기억한다. 나는 카페라는 곳이 음료를 시켜놓고 천천히 시간을 보내는 곳이라는 걸 몰랐다. 그래서 대화를 나눌 생각도 못했다. 음료 파는 곳이니 음료만 마시고 빨리 나가야 하는 줄 알았다. 아아, 정말 여유가 없는 놈이었다. 원래 성격이 급한 나는 늘 그런 식이었다. 뭐든 천천히 즐기지 못하고 빨리 끝내고 싶어 하는 성급한 아이였다. 어쩌면 여자와 단둘이 마주 앉아 있는 상황은 처음이라 어색했는지도.

그때 오렌지 주스가 아니고 커피를 시켰더라면 어땠을까 상상해본다. 뜨거운 커피를 원샷할 수는 없으니 천천히 마셨을 테고, 그러다 보면 이런저런 얘기를 나눠볼 수도 있지 않았을까. 재미있는 추억이 생겼을지도 모를 일이다. 그런 이유로, 나는 커피를 좋아하고부터 삶에 여유가 생겼다고 굳게 믿고 있다.

이건 여담인데, 그 후 그 여자애와 카페에 가는 일은 다시 일어나지 않았다. ¶

나도 취미가 있는데

그동안 사람들에게 말하지 않은 은밀한 취미가 있다. 그것은 바로 서핑. 옆구리에 보드를 낀 채 바다로 뛰어드는 상상만 해도 가슴이 설렌다. 여기서 말하는 보드는 서프보드가 아니고 키보드다. 그렇다. 내 취미는 '인터넷 서핑'이다. 응? 왜 다들 안도의 한숨을 쉬시는 거죠? (웃음) 인터넷 서핑은 너무 재밌다. 오늘도 글을 쓰기 위해 컴퓨터 앞에 앉았다가 몇 시간이나 인터넷 서핑을 해버렸지 뭔가. 하, 이런 걸 취미라고 말하고 있는 나 자신에게 환멸을 느낀다.

취미가 뭐냐는 질문 앞에선 항상 움츠러든다. 아무리 생각해봐도 마땅히 취미라고 할 수 있는 것이 없다. 도대체 취미가 뭐길래 이런 좌절을 안겨주는가. 취미는 전문적으로 하는 것이 아닌 즐기기 위해 하는 것을 뜻한다. 즐기기 위한 것이라, 그런 거라면 나도 있다. 우선 영화 감상. 영화를 좋아한다. 어릴 때부터 지금까지 질리지도 않고 꾸준히 즐긴다. (내 글에 영화 이야기가 많은 건 다 그 때문이다.) 그렇다고 전문성을 가지고 보는 수준은 아니어서 딱 취미의 조건에 부합한다.

독서도 좋아한다. TV 예능 보는 걸 좋아하고, 예쁜 카페와 맛집 찾아다니는 걸 좋아한다. 딱히 나갈 것도 아니면서 옷들을 꺼내 이렇게 저렇게 코디해보는 걸 좋아한다. 누가 시켜서 하는 게 아니고 모두 재미있어서 하는 것들이다. 하지만 이런 것들을 취미라고 말할 순 없다. 너무 없어 보이니까. 그러니 은밀하게 즐기는 수밖에. 앗! 나는 취미가 없는 게 아니었다. 말하지 못한 것뿐이었다. 너무 흔해서, 남들 보기에 별 볼 일 없는 거라서. 나도 모르게 타인의 시선에 압도되고 있었던 걸까. 재미있자고 하는 것까지 남의 눈을 의식하다니 슬픈 일이다.

취미는 있다가도 사라지고, 없다가도 생긴다. 시절마다 재미있는 게 달라지기 때문이다. 사실 나는 오래된 취미가 하나 있었는데 지금은 잃어버렸다. 그건 바로 그림이다. 어릴 때부터 그림은 내 친구이자 도피처이자 즐거움이었다. 그림을 그리다 보면 시간 가는 줄 몰랐다. 그야말로 좋은 취미였다. 그림이 직업이 되고 나서부터는 그림을 즐기지 못하게 됐다. 예전엔 누가 시키지 않아도 시간만 나면 그림을 그렸는데 이젠 일이 아니고서는 그리지 않는다. 요즘 글쓰기가 괴로운 이유도 그것이 아닐까 싶다. 아무리 야매라고 외쳐도 일단 책을 내고 글을 쓰는 이상 취미의 세계에서 벗어난 것이다. 아무리 좋아하는 것이라도 일이 된 이상 온전히 즐길 수는 없다. 그래서 취미가 필요한 거다. 순도 100%의 재미 말이다.

　지인 중 한 명은 끊임없이 무언가를 배운다. 그가 배운 것들을 대충 나열하자면 실을 엮어 장식을 만드는 마크라메, 볏짚을 엮는 짚풀공예, 등나무를 엮는 라탄공예, 향초, 비누, 민화, 보자기 매듭…… 단순한 체험 수준이 아니라 모두 누군가를 가르칠 수 있는 수준까지 배웠다. 그러고도 부족해 또 다른 무언가를 배우고 싶어한다. 그런 그를 보고 주변에선 한마디씩 한다. "돈이 남아도니?" "어디에다 써먹지도 않을 거 뭐 하러 배우냐?" "왜 그렇게 끈기가 없냐?" 같은 소리. 나 역시 비슷한 얘기를 하지 않았을까 싶다. (이놈의 주둥이.)
　'내가 잘못하고 있는 걸까.'

그는 주변의 말에 상처 입고 위축되어 한동안은 아무것도 배우지 않았다. 그는 점점 생기를 잃었다. 사는 게 재미가 없었단다. 그러다 문득 화가 났다고 한다. 내 돈으로 내가 재미있어서 배우는데 왜 남들이 이래라 저래라 하는 걸까, 하고.

사실 따지고 보면 취미란 어디다 써먹어야 하는 게 아니지 않은가. 한 가지를 꾸준히 해야 하는 것도 아니다. 하다가 재미가 없어지면 그것은 취미로서의 자격을 잃는다. 우리는 모든 것에 효용과 노력과 성실함의 잣대를 들이댄다. 재미로 하는 것까지 말이다. 뭔가 단단히 잘못됐다. 그는 호기심이 많은 사람이다. 직업을 찾으려 무언가를 배우는 게 아니라 새로운 것을 배우고 익히는 것 자체를 즐기는 사람이다.

그는 이제 남들이 뭐라고 해도 자신의 즐거움을 포기하지 않기로 마음먹었다. 다시 새로운 것에 호기심을 느끼고 무언가를 배우러 다닌다. 그의 올해 목표는 판소리를 배우는 것이라고 한다. 그가 다시 반짝인다.

내 마음속의
리처드 파커

지독히도 가난했던 나의 아버지는 엄마와 결혼하기 전까지 고기를 먹어보지 못했다고 한다. 고기 맛을 몰랐던 아버지는 고기가 무서웠던 모양인지 엄마가 처음으로 제육볶음을 만들어줬을 때 절대 먹지 않겠노라 버텼다. 그러다 억지로 한 점 집어 먹었는데, 이게 기가 막힌 맛인 거다. 이렇게 맛있는 음식이 있었다니. 이후 제육볶음은 아버지의 최애 메뉴가 되었다. 엄마는 그날 일을 두고두고 후회했다. 돈도 안 벌어 오는 놈이 고기가 없으면 밥을 처먹지 않는다고. 그렇다. 뭐가 좋고 싫은지는 겪어봐야 안다. 고기를 먹어보지 않으면 고기가 내 취향인지 아닌지 알 수가 없다.

나도 아버지처럼 겁이 많았다. 경험해본 것이 적어 지레 겁을 집어먹고 난 저걸 싫어한다고 단정 짓곤 했다. 솔직히 그걸 좋아하게 될까 봐 겁이 났다. 가난은 괜히 사람을 쪼그라들게 한다. 좋아하는 게 생기면 가질 수 없어 불행해진다는 걸 어릴 때부터 체득했기 때문이리라.

그러던 내가 조금씩 세상의 맛을 보기 시작한 건

연애를 하면서부터다. 가난하고 겁도 많은 놈이 어찌 연애를 했느냐 묻는다면 여자들이 날 가만두지 않았다고 말하고 싶다. (어차피 확인할 방법은 없으니 너그럽게 넘어가자.) 어쨌든 스무 살이 넘어 첫 연애를 시작한 이래로 나는 쭉 '연애인'으로 살아왔다. 덕분에 혼자였다면 절대 가지 않을 곳에 가고, 먹지 않을 음식을 먹었다. 연애를 하면서 새로운 경험을 많이 쌓았다. 아, 내가 이런 걸 좋아하는구나, 이런 걸 싫어하는구나. 지금의 내 취향은 나 혼자 만든 것이 아니다. 그런 의미에서 나를 길러준 수많은(?) 여인들에게 감사를.

연애는 상대를 알아가는 동시에 나를 알아가는 과정이기도 하다. 상대를 통해 나 자신을 더 잘 알게 된다. 아, 내게 이런 면이 있구나. 상대에 따라 내가 어디까지 좋은 사람일 수 있는지, 어디까지 못나고 비열해질 수 있는지, 나조차 몰랐던 나를 만나게 된다. 적나라한 자신을 만나는 경험은 썩 유쾌하지 않다. 내 안에 숨어 있는 악마랄까, 짐승이랄까, 아무튼 시커먼 무언가를 보았을 땐 솔직히 부인하고 싶었다. 하지만 그 모습 또한 분명한 나의 일부니 환장할 노릇이다.

영화 〈라이프 오브 파이〉는 호랑이와 함께 구명보트를 타고 표류하게 된 소년의 이야기다. 도망칠 곳 없는 망망대해, 언제라도 날 찢어 죽일 수 있는 짐승과 한배를 탔다는 설정은 의미심장하다. 영화를 본 사람들은 알겠지만 호랑이 '리처드 파커'는 소년의 내면에 잠재된 본능, 잔인한 야수성을 상징하는 것처럼 보이기도 한다. 소년은 야수가 자신을 삼키지 못하도록 거리를 두고 경계한다. 어떻게든 먹이를 구해 챙겨주고 규칙을 만드는 등 호랑이와 함께 지낼 방법을 배워간다. 아이러니하게도 그런 긴장감이 표류하는 소년의 생존을 가능하게 한다. 리처드 파커가 없었다면 소년은 금방 죽었을지도 모른다.

리처드 파커는 누구에게나 있다. 누군가가 너무 미울 때, 상대를 마구 비난하고 싶을 때, 미치도록 질투가 일어날 때. 그럴 때 나는 리처드 파커가 내는 "그르렁" 소리를 듣는다. 위험하다. 어서 달래주지 않으면 날 잡아먹을 게 분명하다. 달래주는 방법은 여러 가지겠지만 우선 얘기를 들어줘야 한다. 혼자 있을 수 있는 곳에서 조용한 대화의 시간을 갖는다. 노트를 펼쳐 기분을 상세히 적어보는 것도 도움이 된다. 왜 그렇게 화가 났는지 내면의 목소리를 찬찬히 듣다 보면 아주 사소한 이유일 경우가 많다. 너무 유치해서 말하기 뭣할 정도다. 겨우 그까짓 이유로도 짐승은 깨어난다.

자, 마음이 어느 정도 누그러졌다면 다음은 맛있는 걸 먹을 차례다. 내가 주로 선택하는 메뉴는 고기다. 삼겹살이든 돼지갈비든 한우든, 불에 구운 고기는 언제나 옳다. 생각해보면 짐승을 달래는 데 고기만 한 게 없지. 맛있는 고기로 배를 든든히 채우고 나면 마음이 너그러워진다. 이해심이 넓어진달까, 혹은 귀찮아진달까. 사소한 인간사에 연연하고 싶지 않아진다. 어쩌면 이 모든 게 요즘 고기를 안 먹어서일지도 모른다. 고기는 주기적으로 먹도록 하자. ¶

우리에겐
적당한 거리가
필요한 것 같아

집에 있는 시간이 많은 나는 주로 집에서 밥을 해 먹는다. 수준급의 요리 실력은 아니고 간단한 반찬 정도 만드는 수준이다. 두부가 상하기 전에 써야 하니까 된장찌개를 끓이고, 만만한 달걀 몇 개 풀어 달걀말이를 하고, 저번에 만들어 냉장고에 넣어둔 콩나물무침과 엄마가 보내준 김치를 꺼내 밥상을 차린다. 특별할 것 없지만 언제 먹어도 물리지 않는 한 끼다. 밥을 다 먹으면 식탁을 치운다. 그릇들을 모아 설거지를 한다. 설거지를 다 끝내면 개수대에 모인 음식쓰레기를 버리고, 지저분해진 레인지 주변을 닦는다. 거기까지 해야 식사가 끝난다. 그리고 금방 다음 끼니때가 오고 앞엣것을 반복한다. 만들고 먹고 치우고, 만들고 먹고 치우고.

"아휴, 지겨워서 못해 먹겠네!"

먹고 살려면 당연히 해야 하는 일이지만, 가끔은 밥 먹고 산다는 게 지긋지긋하다. 심하면 우울해지기도 하는데 그럴 땐 아예 손을 놓고 부엌을 떠나버린다. 부엌에는 얼씬도 하지 않는다. 배달을 시키거나 밖에 나가 끼니를 해결한다. 내가 만든 것보다 맛있고, 무엇보다 몸이 편하다. 좋다. 너무 좋다. 이제부턴 다 사다 먹을 거라 다짐한다. 그러나 그 다짐은 며칠을 가지 못한다. 사 먹는 음식만 먹다 보면 이상하게 소화도 안 되는 것 같고 몸이 안 좋아지는 기분이다. (순전히 기분 탓이겠지만.) 게다가 질린다. 해 먹는 음식보다 훨씬 다양함에도 질린다. 참 알다가도 모를 일이다. 내가 옛날 사람이라 그런가. 얼마 가지 않아 다시 초라한 집밥을 찾아 부엌으로 돌아오고야 만다. 만들고 먹고 치우고. 지긋지긋한 반복으로. 그래도 한동안 쉬었더니 할 만하다. 또다시 지겨워지겠지만.

여행도 그래서 필요한 게 아닐까 생각했다. 가끔은 반복되는 일상으로부터 거리를 둘 필요가 있다. 그럴 때 여행만큼 좋은 핑계는 없다. 여행을 통해 새로운 것을 보고 느끼는 것도 중요하지만 여행의 진짜 목적은 일상으로부터 멀어지는 것에 있지 않을까.

집 말고 내가 가장 많이 머무는 곳은 아마도 카페가 아닐까 싶다. 집에만 있기 지겨워지면 옷을 대충 꿰어 입고 집 근처 카페로 간다. 커피를 주문하고 자리를 잡는다. 커피를 마시기 위해 카페를 찾은 것이지만 그렇다고 커피가 온전하고 유일한 목적은 아니다. 내 진짜 목적은 집이나 일터가 아닌 다른 공간에 있는 것이다. 잠시나마 지긋지긋한 일상을 피할 곳이 필요하다. 그럴 때 카페만큼 가깝고 좋은 피난처는 없다.

유치원이 끝났는지 엄마들이 아이의 손을 잡고 카페 앞을 지나간다. 오늘따라 유난히 하늘이 파랗다. 멀리 길고양이 한 마리가 느릿느릿 걸어가고 있다. 카페에 앉아 바라본 창밖 세상은 조용하고 평화롭다. 정말 아무 일도 일어날 것 같지 않은. 실제로는 온갖 문제와 사건 사고로 시끄러운 세상이지만, 여기서 본 세상은 내가 알던 곳이 아니다. 액자 속 그림을 보듯 거리를 두고 세상을 바라보다 보면 기이한 기분이 든다. 이곳은 현실과 비현실 사이, 혹은 이승과 저승 사이 그 어디쯤. 그런 곳에 쏙 들어와 있는 기분이다.

현실은 잠시 잊고 넋 놓기 좋은 곳이다.

카페의 웅성거림이 좋다. 스피커에서 흘러나오는 음악과 커피머신 돌아가는 소리, 찻잔들이 부딪치는 소리, 웃음소리, 그렇게 다른 자리에서 만들어내는 소음들. 카페는 벽도 칸막이도 없지만 모두가 큰 방해를 받지 않고 각자 할 일을 한다. 그것이 가능한 건 적절한 거리를 유지한 채 서로의 테이블을 침범하지 않기 때문이다. 일정한 거리를 유지하며 도는 행성들처럼. 그렇게 오늘도 카페는 별문제 없이 잘 돌아간다.

사람 사이에는 거리가 필요하다. 적당한 거리가 있어야 좋은 관계를 유지할 수 있다고 믿는다. 문제는 아주 가까운 사이일수록 거리를 유지하는 게 힘들다는 점이다. 가족이나 연인 같은 존재들 말이다. 존재 자체가 거리감이 없을 수밖에 없는 사람들이니까. 하지만 그런 사이일수록 거리를 두려는 노력이 필요하다. 거리감이 없는 상대에게 우리는 쉽게 무례해진다. 너무 가까워서 함부로 말하고 당연하게 요구한다.

서로에게 상처를 주고 또 받기 쉬운 게 가까운 사이다. 우리의 마음과는 상관없이.

나는 가까운 사람들의 고통이나 고민을 듣는 것이 힘들다. 그들의 문제가 남 일 같지 않다. 그래서 그들의 고민을 듣고 나면 그 문제는 곧 내 문제가 되곤 했다. 가까운 사이끼리 힘든 걸 얘기하는 게 당연하지만 나는 자주 괴로웠다. 왜 나에게 문제를 던져주냐고, 내 문제만으로도 힘든데 나보고 어쩌라는 거냐고, 제발 나에게 그런 얘기를 하지 말라고 외치고 싶은 기분이 되곤 했다.

거리를 둔다. 사랑하는 사람들과 거리를 둔다. 그들의 문제로 나까지 힘들어질 때면 그들과 나를 분리해서 떨어뜨려놓곤 한다. 너무 가까우면 서로가 다른 존재라는 사실조차 잊어버린다. 결국 그들과 나는 다른 존재, 각각의 개체다. 각자의 인생이 있으며 각자의 문제가 있다. 내 인생의 문제를 내 부모 형제나 연인이 해결해줄 수 없듯, 그들의 문제 또한 내가 해결해줄 수 없다.

우리는 각자 짊어져야 할 무게가 있다. 그것은 오

로지 자신의 몫이다. 그 사실을 잊지 않으려 애를 쓴다. 그러고 나서야 가까운 사람들의 고민을 들어주고 공감하고 걱정해줄 수 있는 여유가 생긴다. 이제는 함께 휩쓸려 우울함의 늪으로 떨어지지 않는다. 나는 여기 서서 그들의 손을 잡아주어야 하니까. ¶

호구를 위한
나라는 없다

내가 호구라니.
내가 호구라니!

월세로 사는 집이 경매에 넘어갔다. 하여간 인생은 좋게 좋게 넘어가는 법이 없다. 순조롭다가도 느닷없이 뒤통수를 친다. 그나저나 아악, 내 돈!

집주인 중복(가명) 씨는 친절한 사람이었다. 월세를 보낼 때마다 감사하다는 인사와 함께 불편한 것이 있으면 언제든 연락하라는 문자를 보내오던 그. 3년 동안 집세도 올리지 않았다. 요즘같이 각박한 세상에 이런 집주인이 어디 있나. 나는 행운아가 분명했다.

3년이 지나자 중복 씨가 보증금을 올리자고 했다. 기존 월세는 4,000에 50이었는데 그동안 시세가 많이 올라서 부득이하게 월세를 올리든 보증금을 올리든 해야겠다고. 미안하다는 말도 덧붙였다. 미안하긴요. 충분히 납득할 얘기인걸요.

당시 나는 막 퇴사하고 놀고 있던 때였다. 다른 집을 알아보는 것도 귀찮고, 한 푼이라도 아껴야 할 시기에 복비며 이사 비용이며 돈 나가는 게 아까웠고, 마침 퇴사하기 전까지 모은 돈이 딱 맞게 떨어지기에 보증금 3,000만 원을 더 올려 7,000에 50으로 재계약을 했다. 그 보증금은 내가 몇 년 동안 투잡을 뛰며 악착같이 모은 돈의 거의 전부였다. 불안했지만 중복 씨라면 믿을 수 있을 것 같았다. 친절한 중복 씨가 설마 나쁜 짓을 하겠어?

보증금을 올려준 지 얼마 되지 않아 중복 씨에게서 전화가 왔다. 집이 경매에 넘어갈지 모른다고, 최근 주식 투자에 실패해 사정이 좋지 않다고, 경매에 넘어가면 보증금은 다 못 받게 될 거라고, 그러니 나더러 집을 사는 게 어떠냐 했다. 이게 다 하완 씨를 생각해서 하는 제안이에요. 그의 목소리에는 미안함이라곤 1%도 섞여 있지 않았다. 남 얘기하듯 "당황스러우시죠?"가 전부였다. 툭. 심장이 바닥으로 떨어지는 기분이었다.

갑자기 이게 무슨 소린가. 마치 내가 보증금을 올려주기만을 기다렸다는 듯한 이 기막힌 타이밍은 또 무엇이고. 수상했다. 그의 말이 사실이라면 집을 사는 게 현명한 방법일 것이다. 하지만 내게 집을 살 돈이 있을 리가 없지 않은가. 여기저기서 대출을 받으면 불가능하진 않겠지만 그러기 싫었다. 수입도 없는 상황에 적잖은 어려움이 예상됐고, 왠지 그의 계획대로 되는 것 같아 그러기 싫었다. 혹시 겁을 줘서 집을 사게 만들려는 수작은 아닐까?

중복 씨에게 집을 살 형편은 못 된다고 말했다. 그는 아쉬운 듯 입맛을 다시며 그러냐고 했다. 그리고 며칠 후 그는 문제가 잘 해결돼 집은 경매에 안 넘어가니 걱정하지 말고 월세 잘 내며 계약 기간까지 살라고 했다. 이 작자가! 예감이 맞았다. 나는 사기꾼과 맞서고 있는 거였다. 나는 과연 이 싸움에서 이길 수 있을까?

결론부터 얘기하자면 패배했다. 그것도 완전한 패배다. 과정을 다 적고 싶지만 너무 지저분할 듯해서 과감히 생략한다. 중복 씨의 말도 안 되는 거짓말들에 질려버렸다. 불안해서 못 살겠으니 이사를 나가겠다고 해도 계약 기간 운운하며 이사를 못 나가게 했다. 그렇게 나를 몇 개월이나 붙잡아두고서 결국 일을 내고 말았다.

중복 씨는 미리 재산을 다른 곳으로 돌려놓은 모양이었다. 중복 씨 앞으로 된 재산이라곤 딸랑 내가 사는 오피스텔 하나뿐이었다. 그리하여 그에게 돈을 빌려준 사람들이 너도 나도 이 오피스텔에 가압류를 걸었다. (여기저기서 많이도 빌렸더라.) 집은 결국 경매에 넘어갔다. 이런 일에 대비해 보증금에 전세권 설정을 해놓은 것이 다행이라면 다행이었다.

상담을 위해 찾아간 법무사는 전세권 설정이 되어 있어도 보증금을 다 돌려받지는 못할 거라는 말을 들려줬다. 이게 경매 낙찰가에 따라 달라지는 건데요…… 시세를 보아 하니 러프하게 계산해서 2,000만 원 정도 받을 수 있으려나요.

전세권 설정하면 다 받는 거 아니었어요? 나는 무너져내렸다. 아아, 그 돈이 어떤 돈인가. 누군가에겐 큰돈이 아니겠지만 나에겐 전부였다. 먹고 싶은 거 안 먹고, 사고 싶은 거 안 사며 모은 돈인데…… 써보지도 못하고 이렇게 간단하게 날릴 수도 있단 말인가. 나는 도대체 누구를 위해 돈을 모은 것일까. 중복 씨 목돈 만들어주려고 열심히 일했구나, 내가. 차라리 저축하지 말고 마구 쓰면서 살걸. 누군가 그랬다. 돈은 내가 안 쓰면 반드시 다른 놈이 가져다 쓴다고.

놀랍게도 중복 씨는 아무런 처벌을 받지 않는다. 누구에게 얼마를 빚졌든 안 갚아도 된다. 나는 재산이 없으니 집 팔아서 나눠 가져라, 뭐 이런 거다. 집이 경매로 넘어가도 그는 손해 볼 게 없었다. 아니 이익이다. 집 살 때 투자한 돈은 내 보증금을 통해 모두 회수했고, 내가 낸 월세를 3년 넘게 받았으니 은행 대출 이자를 내고도 남는 장사였다. 그것뿐인가. 여기저기서 돈을 빌려 어디다 숨겨뒀을 테고. 그러고는 빵! 오피스텔과 함께 빚도 날려버린 거다.

중복 씨에게 집 사라고 대출을 해준 은행도 손해를 보지 않는다. 내 전세권보다 은행의 권리가 우선이다. 채권 1순위 은행은 대출해준 돈을 경매를 통해 모두 회수한다. 경매가 진행되는 동안 못 받은 이자까지 닥닥 긁어 다 받아 간다. 그러고 남는 돈으로 내 보증금을 돌려주는 건데, 남은 게 별로 없다. 경매 낙찰을 받은 이도 이익을 본다. 시세보다 훨씬 저렴한 가격에 집을 살 수 있으니까. 집주인과 은행과 낙찰자가 이익을 볼 수 있는 건 누군가 자기 몫을 받지 못하기 때문이다. 그게 바로 나다. 호구도 이런 호구가 없다.

뭔가 알지 말아야 할 세상의 이면이랄까 원리랄까, 그런 걸 본 것 같아 마음이 씁쓸했다. 누군가 돈을 따면 누군가는 반드시 잃는다. 나는 세상이라는 도박판에 앉아 있는 거였다. 나는 돈을 따려고 한 것도 아니고 그냥 집을 빌린 것뿐인데, 그곳이 도박판일 줄은 꿈에도 몰랐다. 내가 미련해서 당한 거니 누굴 탓하랴. 다행이라면 이번 일을 통해 부동산 경매에 대해 많은 걸 배웠다는 거다. 어떻게 하면 보증금을 떼이지 않을지도 알게 됐다. 좋은 공부가 됐다. 근데 수업료가 너무 비싸다.

이런 일이 있을 때마다 다시 어린아이가 된 기분이다. 왜 나는 이 나이를 처먹도록 이런 것도 몰랐단 말인가. 아이고 멍청한 놈. 당해도 싸다, 싸. 그러나 다시는 당하지 않으리라. 이제 나는 '준비된' 세입자가 됐다. 그리고 사람을 조금 더 믿지 못하게 됐다.

절망의 구렁텅이에서 나를 구해준 건 다름 아닌 글쓰기였다. 글쎄, 이런 큰일이 벌어지고 있는데 마음 깊은 곳에선 글 쓸 소재가 생겼다고 내심 즐거워하는 내가 있더란 말이다. 와 씨, 제정신임? 아주 작가 다 되셨네, 다 되셨어. 하도 어이가 없어 헛웃음이 났다. 그래도 이거 한 가지는 분명해졌다. 이번 일로 죽지는 않겠구나. 마음은 쓰리지만 툭툭 털고 다시 일어날 것을 예감할 수 있었다.

절망한다고 엎질러진 물을 주워 담을 수는 없다. 필요한 건 후회나 절망이 아니라 수습이다. 법적으로 내가 할 수 있는 대응을 알아보고 그에 맞춰 할 일을 했다. 그리고 결과를 기다렸다. 내가 할 수 있는 건 다 했다. 어떻게 일이 마무리될지는 내게 달린 일이 아니다.

2017년 말부터 문제가 불거진 경매는 2019년 6월이 되어서야 완전히 마무리되었다. 내가 받은 배당금은 1,700만 원이었다. 그리고 이 글 하나 건졌다. 무려 5,300만 원짜리 글이다.

그럴 수 있어

오랜만에 친구들이 모인 자리, 친구 녀석 하나가 상대의 말에 똑같은 리액션으로 일관하고 있었다.

"그럴 수 있어."

원래 그 말을 자주 하지 않던 녀석인데 아마 누군가의 말버릇이 옮은 모양이었다. 본인 자신도 그 말을 반복한다는 걸 모르는 것 같았다. 신기한 건 그 말이 어떤 얘기에도 찰떡같이 달라붙는다는 거였다.

"글쎄, 얼마나 황당한 일이 있었는지 아냐? 이래가지고 저래가지고……"
"그럴 수 있어."
"와이프가 나보고 못생겼대."
"충분히 그럴 수 있어."
"이런 일이 있어서 그동안 힘들었어. 말 못해서 미안하다."
"아이고, 그랬구나. 그럴 수 있어."

정말이지 만능 리액션이 따로 없었다. 상대를 기분 나쁘게 하지도 않고, 위로하는 느낌도 있으면서, 상황에 따라 웃기기도 했다. 어디서 이런 말을 배워왔을까. 혹시 리액션 학원 다니니?

몇 시간 동안 이어지는 "그럴 수 있어."를 듣다 보니 중독이 되어버렸다. 어느새 나도 그 말을 쓰고 있더라. 그리고 묘하게 편안한 마음이 되었다. 그날 밤만은 모든 것을 이해할 수 있을 것만 같은 기분이었다. 그래, 살다 보면 그럴 수 있지. 괜찮아. 정말이지 그럴 수 있을 것 같은 밤이었다.

뜻하지 않은 불행 앞에 우리는 이렇게 외친다.

"어떻게 이런 일이 나에게 일어날 수가 있어?"

"네가 어떻게 내게 이럴 수 있어?"

어떻게 이런 일이. 하지만 가만 생각해보면 절대 일어날 수 없는 일이란 없다. 모두 일어날 수 있는 일이다. 진짜 일어날 수 없는 일은 일어나지 않는다. 어떤 일이 일어나지 않길 기도하거나 조심할 순 있어도 일어나고 안 일어나고는 우리의 소관이 아니다. 예상치 못하게 사고처럼 다가오는 일들이 있다. 그런 사고를 어떤 마음으로 받아들여야 할까. 원치 않았던 이 삶과 불행들을.

집으로 돌아오는 택시 안에서 나도 모르게 하염없이 중얼거렸다.

그럴 수 있어.

그럴 수 있어.

그럴 수 있어.

조금은 편안해진, 그런 밤이었다. ¶

돈이 없어도
어떻게든 살아진다

돈이 없을 때 가장 먼저 줄이게 되는 것은 바로 식비다. 외식도 줄이고, 마트에 장 보러 가는 일도 줄인다. 본격적으로 '냉장고 파먹기'에 돌입할 때가 왔다.

이상하게 들릴지 모르지만 나는 냉장고 파먹기를 은근히 즐긴다. 제한된 조건에 맞춰 생활해나가는 것에 어떤 도전 정신이 일어난다. 이것만 가지고 살아남고 말겠어, 하는 의지가 불타오른다. 냉장고 파먹기는 상당히 크리에이티브한 작업이다. 냉장고 속 여러 음식 재료들을 어떻게 조합하여 무엇을 만들 것인가, 창의성을 발휘해야 한다. 냉장고에 남아 있는 비엔나소시지 여섯 알로 무얼 만들까 고민하다가 마침 보고 있던 일본 드라마 속에 나온 '나폴리탄 스파게티'를 만들기로 한다.

나폴리탄 스파게티는 이름 때문에 나폴리 음식이라 생각하기 쉽지만 일본 음식이다. 겉모습은 토마토소스 스파게티와 비슷하지만 토마토소스가 아닌 케첩을 가지고 볶아내는 게 차이점이다. 아마 토마토소스를 구하기 어렵던 시절에 생겨난 음식이 아닐까 싶은데 뭔가 지금의 내 상황과도 잘 맞아떨어지지 않는가. 내 냉장고엔 토마토소스는 없고 케첩은 있으니까. 세상에 존재하는 수많은 음식이 그런 식으로 탄생했다는 사실은 시사하는 바가 크다.

팬에 올리브유를 두르고 마늘과 양파, 비엔나소시지를 볶는다. 거기에 케첩과 삶은 스파게티 면을 넣고 조금 더 볶아주면 먹음직스러운 나폴리탄 스파게티가 완성된다. 여기에 맥주를 안 마시면 범죄다. 범죄자가 될 수는 없기에 정말 어쩔 수 없이 맥주캔을 딴다. 이제 본격적인 시식의 시간, 포크로 면을 돌돌 감아 입에 넣는다. 아아아아, 맛없다. 토마토소스가 간절해지는 맛이다. 단맛을 안 좋아하는 내 입엔 너무 달다. 다음엔 케첩을 줄이고 소금이나 간장으로 간을 더해야겠다고 다짐한다. 아니면 토마토소스를 사다놓는 것도 좋고. 허탈한 마음에 괜히 맥주만 홀짝인다. 에라이, 오늘은 실패다.

가끔 이렇게 실패도 하지만 대부분은 성공적이다. 잘 익은 김치만 가지고도 많은 걸 할 수 있다. 김치볶음밥도 해 먹고, 김치찌개도 끓이고, 김치전도 부쳐 먹는다. 냉동실을 뒤지면 좀 더 고급스러운 식재료가 쏟아진다. 얼려놓은 부챗살로 스테이크를, 다이어트 한답시고 사놓고 방치한 닭가슴살에 데리야키소스를 발라 닭꼬치를, 냉동만두와 얼린 사골국으로 만둣국을 해 먹기도 한다. 없는 상황에서도 잘 차려 먹고 나면 일종의 희열을 느낀다. 가만 보면 돈이 좀 있을 때보다 더 잘 먹는 것 같기도 하다. 이번 달은 이렇게 잘 넘겼다. 미션 컴플리트. 응? 뭐가 성공이야, 이 인간아! 일을 안 하니까 돈이 없지. 일 좀 하자, 제발.

　내가 게을러서가 아니다. (뭐 약간은 그렇기도 하지만.) 일을 너무 하고 싶은데 일이 없을 때가 많다. 일은 참 이상하다. 다 받을 수 없을 만큼 일이 몰리다가 갑자기 모든 클라이언트가 내게 일을 주지 않기로 담합이라도 한 듯이 뚝 하고 끊긴다. 하여간 중간이 없다. 프리랜서에게 일이 없다는 건 곧 수입이 없다는 얘기. 운이 나쁘면 몇 개월이나 수입이 없는 보릿고개가 찾아온다. 일정치 않은 수입은 프리랜서의 가장 큰 단점이다. 그래서 돈이 생겨도 막 쓰지를 못한다. 프리랜서에게 저축은 선택이 아니라 필수다. 항상 보릿고개를 버틸 목돈을 모아놔야 한다. 힘든 시기를 어찌어찌 잘 버티면 신기하게 다시 일이 들어온다. 몇 번 그런 경험을 하고 나니 이젠 제법 담담하게 보릿고개를 보낼 수 있게 됐다.

불안정한 수입에 적응이 되고 나니 크게 불편하게 느껴지지 않는다. 믿기 힘들겠지만 오히려 안정적인 월급을 받을 때가 더 불안했다. 이 안정적인 월급이 끊기면 어쩌나 싶어서. 한편으론 아무리 열심히 일해도 정해진 월급밖에 받지 못하니 유리천장이 있는 것처럼 느껴지기도 했다. 내 가치는 200만 원인 건가. 내 가능성을 월급 안에 가둬놓은 건 아닐까. 월급이 없어질까 불안하고, 동시에 영원히 월급쟁이일까 봐 불안했다. 사람 맘은 참 알다가도 모르겠다.

『퇴사하겠습니다』의 저자 이나가키 에미코가 떠오른다. 대기업에 다니던 그녀는 40세에 퇴사를 결심하고 10년 동안 퇴사를 준비해서 50세에 퇴사한다. 그녀의 퇴사 준비는 좀 독특하다. 그녀는 자신이 퇴사하지 못하는 가장 큰 이유가 '월급'이라는 걸 알았다. 그럼 보통은 10년 동안 돈을 열심히 모아 퇴사하는 걸 생각할 텐데 그녀는 달랐다. 그런 식으론 근본적인 불안을 해결하지 못한다고 봤다. 그녀는 월급이 없다는 '공포'를 이겨내면 퇴사할 수 있을 것으로 생각했다. 월급과 회사에 대한 의존도를 줄여나가는 방식으로 퇴사를 준비했고 성공했다.

그녀를 자유롭게 해준 것은 저축한 돈도 어떤 재능도 아닌 '요리'였다. 시장에서 저렴하게 산 재료들로 직접 요리를 해서 소박한 밥상을 차리는 것. 하루 세 끼, 매일매일. 그런 삶을 통해 인간이 진짜 먹고사는 데는 큰돈이 들지 않는다는 것을 뒤늦게 깨닫게 되었다고 한다. 더 많은 돈이 자신을 자유롭게 할 거란 믿음은 착각이었다. 오히려 돈이 많지 않아도 먹고살 수 있다는 자신감이 그녀를 자유롭게 했다. 결국엔 월급을 거의 쓰지 않고도 한 달 생활이 가능해졌고, 월급이 없어도 살 수 있겠단 확신이 들자 퇴사를 했다. 그녀는 이제 마음껏 자신이 하고 싶은 일을 하며 산다. 돈이 많아서가 아니다. 돈에 대한 공포를 이겨낸 자만이 누릴 수 있는 자유다. 이런 게 진짜 '경제적 자유'가 아닐까.

사실 이 책은 퇴사를 부추기는 책이 아니다. 반대로 어떡하면 회사생활을 더 잘할 수 있는지에 대한 힌트로 가득하다. 그녀는 월급에 대한 의존도가 낮아지자 회사 일이 더 재미있어졌다고 말한다.

회사원도 프리랜서도 불안하긴 마찬가지다. 우리가 불안한 이유는 무언가에 너무 많이 의존하고 있기 때문이 아닐까. 그게 없어도 어떻게든 살아낼 수 있다는 자신감을 잃어버렸다. 그러니까 나의 냉장고 파먹기는 단순히 배를 채우는 행위가 아니라 돈에 대한 불안과 공포를 이겨내는 훈련인 셈이다. 그렇다고 돈이 싫다는 얘기는 아니다. 절대.

가만있어보자, 이제 슬슬 일이 들어올 때가 됐는데…….¶

숨길수록 더
커지는 것들

말하면 안 돼.
말하면 안 돼.
말하면 안 돼...

아, 말하고 싶다.

가난은 내 오랜 콤플렉스였다. 처음 가난하다 의식한 순간부터 나는 주눅이 들었다. 누가 뭐라 하는 것도 아닌데 혼자 쭈구리 모드가 되어서는 말수가 적은 조용한 아이로 지냈다. 말을 많이 하면 들통나기 십상일 테니까. 내가 가난하다는 걸 절대로 들키고 싶지 않았다. 물론 가난은 쉽게 감춰지는 게 아니어서 티가 났겠지만 가능하면 아무도 몰랐으면 했다. 그래서 학창 시절 동안 집에 친구를 데려온 적은 단 한 번도 없다. 내가 사는 꼴을 보여주는 것이 죽기보다 싫었다.

가난하기만 하면 그나마 나았을 텐데 아버지가 사흘이 멀다 하고 가족들을 두들겨 패대는 통에 집 안 분위기가 말이 아니었다. 아버지는 일도 나가지 않고 매일 술에 취해 집에 있었다. 그러니 더더욱 보여줄 수 없었다. 친구들이 우리 집을 볼까 봐 괜히 멀리 돌아가곤 했다. 여러모로 혼자가 편했다. 어울리는 무리가 없었던 건 아니지만 학교 안에서만 적당히 잘 지내고 학교 밖에서는 가능하면 만나지 않았다. 초중고 12년을 그렇게 다녔다. 말이 좋아 친구지

나는 조직에 위장 잠입한 스파이의 마음이었다. 신뢰와 호감을 얻되 정체를 들키지 말 것. 누구에게도 마음을 열지 못했고 진정한 의미의 친구도 없었다.

스무 살이 넘어서야 진짜 인간관계가 시작된 것 같다. 사회생활을 하면서 좋은 사람들을 많이 만났다. 인간관계에 서툰 나를 필요 이상으로 아껴주고 걱정해주는 사람들. 그들과 함께했던 시간 덕분에 과거에 사로잡히지 않은 지금의 내가 있다. 아, 그리고 술이 빠질 수 없다. 어쩌면 모든 게 그놈의 술 때문일 것이다. 술만 아니었으면 여전히 정체를 들키지 않고 살 수 있었을지도 모른다. 좋은 사람들과 술자리를 갖다 보면 이런저런 이야기를 많이 하게 된다. 즐거운 일, 슬픈 일, 그리고 말 못할 아픔들도. 이들에겐 숨길 게 없다는 마음이 든다.

그렇게 방심한 상태에서 나의 오랜 콤플렉스를 툭하고 꺼내놓게 된 것이다. 딴에는 엄청난 비밀을 털어놓은 거였는데 상대의 반응은 의외로 담담했다. 아이고 그랬구나 정도랄까. 그래서 좋았다. 상대가 호들갑을 떨며 눈물을 흘렸다면 다시는 그런 얘기를 꺼내지 않았을지도 모른다. 내 얘기를 아무렇지 않게, 큰 문제 아니라는 듯 들어줘서 좋았다. 그리고 그들도 자신의 이야기를 꺼내놓았다. 나와 비슷한 경험들, 혹은 그보다 더한 일들. 누군가는 이런 걸 두고 '불행 배틀'이라 부르며 조롱할지도 모르겠다. 뭐 그렇게 봐도 어쩔 수 없다. 하지만 내가 느끼기에 그것은 결코 배틀이 아니었다. 누가 더 힘든지를 겨루자고 하는 이야기들이 아니었다. 그것은 고백이었고 그 고백에 대한 다정한 대답이었다. 이런 걸 두고 '공감'이라 부르는지도 모른다.

오랫동안 세상 고통은 나 혼자 끌어안은 것처럼 죽상을 하고 살았다. 많은 밤, 많은 술, 많은 이야기 덕분에 나만 그런 아픔을 가진 것이 아니라는 걸 알게 됐고 내 어둠을 좀 객관적으로 보게 됐다. 속에다 꽁꽁 숨기고 있을 땐 크기를 가늠할 수 없을 정도로 큰 어둠이었는데 막상 밖으로 꺼내놓고 보니 생각보단 작은 놈이었다. 그때부터 가난을 애써 숨기지 않았다. 그러다 보니 어느새 나도 그것을 대수롭지 않게 대할 수 있게 되었다. 생각보다 별거 아니네. 여전히 자랑할 거리는 못 된다 생각하지만 딱히 부끄럽게 느끼진 않게 되었달까.

　"고생 같은 건 하나도 안 하고 곱게 자란 얼굴이에요. 맞죠?"

　최근에 알게 된 사람들에게 이런 얘기를 종종 듣는다. 그럴 때마다 나는 빙그레 웃으며 말한다. "어떻게 아셨어요? 그게 티가 나나요?" 이제는 내 귀족적인 분위기를 숨길 수 없는 지경에 이르렀다. (웃음) 이런 얘기를 들을 때마다 기분이 좋다. 내 얼굴에 그늘이 없다는 얘기니까. 사실 어린 시절 내내 내가 들었던 말은 "넌 왜 그렇게 얼굴이 어둡냐?"였다. 유사품으로 "무섭다." "우울하다." "차갑다." 소리를 자주 들었다.

　지금 그와 정반대의 얘기를 들을 수 있는 이유는 2년 전 피부과에서 받은 레이저 시술 때문만은 아니라고 생각한다. 사람의 내면은 반드시 얼굴에 드러난다. 어떤 생각을 하고 사는지가 얼굴에 그대로 나타

난다. 내면의 어둠이 옅어지자 내 얼굴은 서서히 밝아졌다. 앞으로도 이렇게 밝은 얼굴로 늙고 싶다. 그러려면 올해 다시 레이저 시술을 받아야…… 응? 이게 아닌가?¶

짧지만 긴
이야기

단편소설을 좋아한다. 짧아서 좋다. 아무래도 장편소설은 마음의 준비를 하고 읽어야 할 것 같은 기분이라 쉽게 손이 가지 않는데 단편소설은 짧은 분량 덕에 부담이 덜하다. 특히 외출할 때 챙겨 나가면 좋다. 이동하는 대중교통 안에서 한 편 정도 읽으면 목적지에 도착하는데, 이야기를 중간에 끊지 않고 딱 떨어지게 읽는 그 느낌이 좋다.

처음부터 단편소설을 좋아한 건 아니었다. 소설은 당연히 장편이어야 한다고 생각했다. 단편소설엔 특별한 사건도 없고 얘기를 하다 만 것 같은 느낌이라서 잘 읽지 않았다. 단편소설에 눈뜨게 된 건 순전히 형 덕분이다. 국문학을 전공한 형이 책꽂이에 꽂아놓은 '이상문학상 수상작품집'이니 '올해의 좋은 소설' 같은 걸 심심풀이로 읽다 보니 단편소설에 조금 익숙해졌고, 거기서 본 작가의 다른 단편도 찾아 읽게 되고, 그러다 단편소설을 좋아하게 됐다.

단편소설은 짧기 때문에 많은 얘기를 할 수가 없다. 말 그대로 단편적인 이야기일 수밖에 없는데 그런 한계 덕분에 장편과는 차별화된 재미가 있다. 장편은 이야기 중심이고 결말을 향해 달려가는 느낌이 강하다. 흥미로운 이 이야기가 어떻게 끝이 날 것인가, 그런 호기심이 책을 읽게 만드는 동력이다. 당연히 결말에 대한 기대도 커지고 그만큼 중요해진다. 대장정의 끝, 해피엔딩이든 새드엔딩이든 혹은 해석의 여지가 있는 열린 결말이든, 주인공을 괴롭혀오던 문제는 어떤 식으로든 해결되고 우리는 카타르시스를 느낀다. 장편소설은 그 자체로 하나의 완결된 이야기이다. 마지막 페이지를 읽은 후엔 책을 덮고 홀가분한 마음으로 그 세계에서 빠져나오면 된다.

반면 단편소설은 좀 다르다. 단편소설 속 문제들은 좀처럼 해결되지 않는다. 등장인물이나 갈등에 대해 설명하다 보면 마지막 장이 다가오기 때문에 막 재미있으려 할 때 툭 하고 끝나기 일쑤다. 그래서 단편소설의 결말은 뭐랄까 좀 허무한 것이 사실이다. 단편소설 속 주인공들은 소설이 끝나도 문제 상황 속에 그대로 놓여 있다. 종이에 쓰인 글은 거기서 멈췄지만 해결된 것은 없고 이야기는 완결되지 않는다. 그래서 주인공들의 삶이 소설 밖까지 쭉 이어지는 기분이 든다.

해결이 없기에 단편소설에선 결말이 그리 중요해 보이지 않는다. (물론 아닌 경우도 있다.) 대신 문제를 겪는 인물들의 심리와 감정에 집중하게 된다. 왜 그런 기분을 느끼는지, 과거의 경험이나 기억이 그 기분에 어떤 영향을 끼치는지, 정제된 언어와 적절한 비유로 표현된 감정을 읽는 일은 내게 큰 즐거움이다. 우리는 우리의 감정을 잘 안다고 생각하지만 전혀 그렇지 않다. 지금 우울한데 도대체 무엇 때문에 우울한지 설명하지 못할 때가 있다. 그리고 그것이 우울인지 무력감인지 분노인지 헷갈리기도 한다. 내가 느꼈던 알 수 없는 기분을 종종 단편소설 속에서 만나곤 한다. 잡힐 듯 잡히지 않았던, 안개처럼 흐릿했던 감정이 선명한 문자가 되어 눈앞에 나타났을 때 짜릿한 전율을 느낀다. 아, 그때 내 마음이 이런 거였어.

김애란 작가의 단편 「성탄특선」엔 한 연인이 등장

한다. 4년째 사귀고 있지만 둘이 크리스마스를 함께 보내는 건 이번이 처음이다. 첫 번째 크리스마스엔 여자가 남자에게 아무런 얘기도 없이 잠수를 탔다. 이유는 입을 옷이 없어서였다. 특별한 날이니 예쁘게 보이고 싶었지만 궁핍한 처지의 그녀에겐 마땅한 옷과 장신구가 없었고 결국 시골집으로 도망을 친다. 두 번째 크리스마스엔 남자가 고향에 내려가느라 함께하지 못했다. 사실 그는 고향에 내려가지 않고 서울에 있었다. 당시 취준생이었던 남자는 돈이 없었다. 평소엔 호프집 알바를 하는 여자가 데이트 비용을 댔는데 크리스마스까지 그러긴 싫었다. 그래서 어머니가 아프다고 거짓말을 했다. 세 번째 크리스마스엔 둘이 잠깐 헤어졌던 시기였기에 함께하지 못했다. 다행히 네 번째 크리스마스는 함께다. 남자는 취직을 했고 여자에게도 예쁜 옷이 생겼다. 남들처럼 영화도 보고 패밀리 레스토랑에서 식사도 하고 바에서 칵테일도 마신다. 문제는 그다음이었다. 둘이 함께 밤을 보낼 모텔방을 구하려는데 가는 곳마다 방이 없다. 크리스마스이브엔 일찌감치 방들이 찬다는 사실을 알지 못한 거다. 남자와 여자는 방을 구하기 위해 차가운 서울 시내를 누비고 다니는데 점점 날은 밝아오고, 방은 없고, 정말 읽는 나까지 처참한 기분이 들었다. 남 일 같지 않다. 나 역시 크리스마스이브에 똑같은 일을 겪은 적이 있기 때문이다. 그때 느꼈던 당혹감과 추위. 미안함과 자책. 왜 나에게 허락된 방은 없는가 하는 원망과 소외감. 살면서 크리스마스가 행복했던 적은 별로 없었다. 빛이 강하면 그림자도 짙다 했던가. 모두가 행복한 날이라서 내 초라함이 대비되어 더 도드라지는 날. 그런 날의 복잡한 기분이 「성탄 특선」에 상세히 적혀 있다.

　김애란 작가의 초기 단편들을 관통하는 단어를 꼽자면 아마도 '청춘'과 '빈곤'이 아닐까 싶다. 김애란 작가는 청춘의 빈곤함을 현미경으로 들여다보듯 관찰하고 묘사한다. '돈 없으면 다 서럽지.'라는 식으로 대충 뭉개거나 퉁치지 않고 섬세한 언어로 세세하고 선명하게 새긴다.

언뜻 보면 그녀의 소설 속 인물들에겐 희망이 없어 보인다. 현실은 답답하고 문제들이 해결되지도 않는다. 하지만 가장 힘들었던 날들에 만난 김애란 작가의 단편들은 내게 선명한 위로였다. 누군가 내 얘기를 하고 있다는, 누군가가 내 기분을 안다는, 누군가는 나와 비슷한 삶을 살고 있다는 그런 위로 말이다. 그것이 비록 소설일지라도. 김애란 작가의 단편들이 있어서 길고 어두운 터널을 지나올 수 있었다. 해결책을 제시해주지 않았지만 함께여서 잘 버틸 수 있었다.

나는 요즘도 성탄절에 모텔을 찾아 헤매던 남자와 여자에 대해 생각한다. 나에게 그 소설은 끝나지 않는 현재진행형이다. 그들의 상황은 나아졌을까? 나는 조금 나아졌는데, 이제는 크리스마스에 방을 찾아 헤매지 않게 되었는데, 그들 역시 그러길 바란다. 과거의 비참했던 일을 웃으며 넘길 수 있는 여유가 생겼기를. 지금도 해결되지 않은 문제들이 넘쳐나겠지만 말이다. ¶

누가 맞고 틀리고의
문제가 아닌데도

수강 신청은 그야말로 전쟁이었다.

신청 페이지가 열리기 무섭게 클릭을 하는데도 원하는 수업은 언제나 마감. 와 씨! 도대체 얼마나 빨리 클릭을 해야 이 수업을 들을 수 있는 거냐. 비싼 등록금 내고도 듣고 싶은 강의 하나 못 듣는 이 더러운 세상! 화가 치밀어 욕을 하는 사이 다른 수업들도 줄줄이 마감, 마감, 마감. 결국 아무도 선택하지 않는 찌끄레기(?)만이 내게 허락되곤 했다.

그런 수업을 많이 들었다. 내 의지로는 절대 듣지 않았을 수업 말이다. 그런데 아이러니하게도 그 수업들이 내 삶을 바꾸는 데 큰 역할을 했으니, 수강 신청 전쟁에서 패배한 게 꼭 나쁜 것만은 아니었다.

내게 큰 영향을 준 몇몇 수업 중 〈도덕의 이해〉라는 수업에 대해 이야기해볼까 한다. 강의 제목만 봐도 정말 재미없을 것 같지 않은가? 실제 수업은 더 재미없다. 그럼에도 이 수업이 가장 기억에 남는다. 수업은 주로 토론과 발표로 이루어졌다. 교수님은 주제를 던져주고 뒷짐을 진 채 학생들의 토론을 지켜보기만 했는데, 교수 입장에서야 완전 날로 먹는 수업이었지만 학생 입장에선 어색해 죽을 맛이었다. 한국 학생들은 토론에 익숙하지가 않단 말입니다, 교수님.

하루는 '난민' 문제에 대해 토론을 했다. 최근에도 난민 문제가 큰 이슈였지만 10여 년 전에도 그랬다. 그때의 대한민국은 난민 문제와 멀리 떨어진 나라라는 점이 차이였다. 만약 우리나라에도 난민이 찾아온다면 어떡할 것인가 하는 문제로 토론을 했다. 우선 난민을 받아야 한다는 측과 받아선 안 된다는 측으로 나뉘어 각자의 주장을 펼쳐나갔다. 중립은 없었다. 그건 교수님의 원칙이었는데 반대 아니면 찬성, 둘 중 하나만 선택할 수 있었다. 자신의 입장을 선택하면 그 선택에 합당한 근거와 논리를 대며 상대를 설득해야 하는 것이었다.

사실 난 난민 문제에 대해 별생각이 없었는데 일단 '반대' 편에 섰다. 난민들 사정이 딱한 건 알겠는데 왜 우리나라 세금으로 그들을 먹여 살려야 하느냐, 한두 명 받아주다 보면 여기저기서 다 몰려올 텐데 그거 다 감당할 수 있냐, 그러니 애초에 받아선 안 된다는 게 우리 쪽 주장이었다. 상대편에선 인도주의적 차원에서 난민을 수용해야 한다고 주장했다. 우리가 받지 않으면 오갈 데 없어 죽을 것이 뻔한데 어찌 내칠 수 있느냐는 것이었다.

토론이 계속될수록 분위기는 험악해졌다. 마치 내가 옳고 네가 틀렸다는 것을 증명하기 위한 경기 같았다. 여기서 밀리면 안 돼. 급기야 나는 상대 측에게 '현실적인 문제는 외면한 채 착한 사람이고자 하는 이상주의자'라는 비난을 퍼부었다. 그리고 시간이 다 된 관계로 토론은 거기서 끝이 났다. 어떤 결론도 없이. 그 수업은 늘 그런 식이었다. 말싸움만 실컷 하고 결론은 없었다. 그런 열린 결말은 화장실서 큰일을 보고 뒤를 닦지 않은 듯한 찝찝함을 남겼다. 뭐 때문에 싸운 거야? 그 시간이 무의미하고 소모적인 낭비처럼 느껴졌다.

그날은 집에 돌아와서도 마음이 불편했다. 언젠가 어느 나라에서도 받아주지 않아 바다 위를 떠돌다 보트 위에서 죽은 난민들의 사진을 보고 안타까운 마음에 눈물을 글썽였던 나였다. 나 스스로가 위선자처럼 느껴졌다. 결국 수업 시간에 내가 주장한 것은 우리가 손해를 보게 되니 저들이 그렇게 죽어도 어쩔 수 없다는 얘기였다. 주장의 타당성을 떠나 그런 생각을 하는 나 자신이 너무 별로였다. 생명이 귀하다고 말하면서 '우리'의 생명과 '남'의 생명을 가르는 그 이기심이 어디서 오는 건지 의아했다. 그렇다고 무턱대고 난민을 수용하는 것은 또 아닌 것 같고. 아아, 답이 없다. 그나저나 나는 왜 그렇게까지 열을 내며 상대편을 비난했을까. 상대의 마음도 분명 내 안에 있는 것인데. 나는 그저 이기고…… 싶었던 걸까.

일주일이 지나 다시 수업 시간이 됐을 때, 마침 나는 앞에 나가 발표를 해야 했다. 발표에 앞서 사과를 했다. 지난번 토론에서 너무 심한 말을 한 것에 대해서. 난민 문제는 단순히 현실적인 이익이나 손해만을 생각할 문제는 아니겠다는 생각이 들었다는 말도 덧붙였다.

"그렇다고 당장 난민 수용에 찬성한다는 뜻은 아

닙니다. 다만 누가 옳고 그른가, 누구의 말이 더 타당한가를 따져 어느 쪽의 손을 들어줄 문제가 아닌 것 같고요. 서로 조금씩 양보해서 타협해야 할 문제인데 내 주장만이 옳고 너는 틀렸다는 자세는 도움이 안 되겠다 생각이 들어 많이 반성했습니다. 이 수업은 정답이나 상대를 설득하는 법을 알려주기 위한 게 아니라 이걸 알려주고 싶은 게 아닐까 싶습니다.”

거기까지 말을 했을 때 교수님과 눈이 마주쳤다. 교수님은 흐뭇한 미소를 짓고 있었다. 그리고 나는 알 수 있었다. 아, 나는 A 학점을 받겠구나. (웃음)

그 이후로도 토론은 계속되었다. 낙태, 간통죄, 안락사, 자살, 사형제도⋯⋯. 많은 이슈에 대해 찬반으로 나뉘어 토론을 이어갔다. 여전히 답도 없고 결론이 나지 않는 문제들.

흔히 ‘도덕’이나 ‘상식’은 절대적이고 고정적이라 생각하지만 그것 또한 시대나 문화에 따라 달라질 수 있는 것임을 배웠다. 어제의 도덕이 오늘의 부도덕일 수 있고, 여기에서의 상식이 다른 곳에선 몰상

식일 수 있다. 개인은 어떠한가. 흔히 우리는 내 생각이 상식이라 생각한다. 내가 보통의 기준이며 일반적인 생각을 대표한다고. 하지만 실상은 '전혀 아니올시다.'다. 분명 나는 누군가에겐 이해할 수 없는 별종이다. 너무나 많은 생각과 생각, 이해와 이해가 끊임없이 충돌하는 전장이 우리의 삶이다. 함께 살아가야 하는데 우리는 잘 지낼 수 있을까.

모르겠다. 인류의 평화 따위. 난 이기적인 인간이므로 그냥 나 하나 잘 살면 그만이다. 그런 측면에서도 토론 수업은 분명 내 삶에 도움이 되었다. 나는 호불호가 분명하고 자기주장이 강한 편이라 논쟁을 하면 내가 옳고 상대가 틀렸다는 걸 증명해야 직성이 풀리곤 했다. 심지어 연애하다 싸움이 나면 누구의 잘못이 더 큰지 반드시 짚고 넘어가야 하는 사람이었다. (아아, 적고 보니 정말 별로다.) 그런데 그 수업 이후 문제를 대하는 태도가 조금 달라졌다. 나와 다른 생각을 들을 수 있게 됐고 남에게 내 생각을 강요하지 않으려 주의한다. 갈등 상황에서 잘잘못을 가리는 게 중요한 게 아니라 어떻게 하면 원만하게 화해하고 관계를 기분 좋게 이어갈 것인가가 주된 관심이다. 덕분에 사람들과 싸움을 잘 하지 않게 됐다. 인간관계가 한결 부드러워졌다고 할까.

관계뿐만 아니라 삶을 대하는 태도도 부드러워졌다. 한때 인생은 끝없는 싸움이라 생각했다. 인내하고, 한계까지 나를 밀어붙이고, 뭔가를 극복해서 승리를 거머쥐는. 뭐 대충 그런 게 인생이라 여겼다. 이제는 싸우지 않기로 한다. 문제를 해결하려 들지도 않는다. 인생의 커다란 문제들은 해결되는 성질의 것이 아니다. 그저 어떻게 하면 맘에 안 들고 답도 없는 이 인생과 잘 지낼 수 있나 고민할 뿐이다.

대충의
맛

서점을 어슬렁거리다 이상한 제목이 눈에 띄어 책을 집어 들었다.

『안자이 미즈마루 : 마음을 다해 대충 그린 그림』이란 제목이었는데, 대충 그린 그림이면 대충 그린 그림이지 마음을 다해 대충은 뭐란 말인가 하며 책을 넘겼다. 그리고 나는 소리를 지를 뻔했다.

'아악. 진짜 대충 그렸어!'

71세의 나이로 세상을 떠날 때까지 왕성하게 활동했다는 그의 그림을 다 살펴봤는데, 마음을 다해 그렸는지 어쨌는지는 알 수 없지만 죄다 대충 그린 것만은 확실했다. 뭐 이런 사람이 있단 말인가. (칭찬입니다.)

누구라도 '안자이 미즈마루'라는 사람의 그림을 보면 이렇게 생각할 것이다. 이런 그림은 나도 그리겠다고. 맞다. 이렇게 그릴 수 있는 사람은 아마 많을 거다. 하지만 이런 그림으로 계속 일을 하고 돈을 벌 수 있는 사람은 절대 많지 않다. 거기다 그는 아주 성공한 작가였다. 젠장, 부럽다.

만약 내가 이렇게 대충 그린 그림을 클라이언트에게 보낸다고 치자. 그러면 바로 이런 요청이 들어올 것이다. "작가님, 좀 더 성의 있게 그려주세요. 저희가 30만 원이나 드리는데 거기에 맞는 완성도는 아니네요." 그러면 나는 "어이쿠, 그거 완성작은 아니고요. 스케치를 실수로 잘못 보낸 모양입니다. 하하." 하면서 다시 그려야만 했을 것이다. 아무나 대충 그리고 싶다고 그릴 수 있는 게 아니다. 안자이 미즈마루니까 그렇게 그릴 수 있는 거다. 대충 그린 그림으로 세상을 설득했으니까. 뭐 세상까진 아니더라도 분명 클라이언트는 설득했겠지?

"어머, 안자이 선생님의 그림은 대충 그렸는데도 너무 좋아. 돈이 아깝지 않다니까."

대충 그린 그림 얘기를 하다 보니 또 한 사람이 떠오른다. 바로 만화가 '이말년'이다. 그는 그림을 못 그리는 것으로 유명한데, 만화계의 대선배 '허영만' 화백이 그의 그림을 보고 만화가를 그만둬야 하나 고민했을 만큼 혼돈의 그림체를 자랑한다. 어쩐 일인지

나에게 그의 그림은 못 그린 게 아니라 개성으로 느껴지지만.

이말년 작가 본인은 최선을 다해서 그리는데 그 정도밖에 못 그리는 거라 겸손하게(?) 말하지만 조금 의심스럽다. 몇 년을 그렸는데도 그의 그림체는 그대로다. 그림은 그리다 보면 자연스럽게 늘기 마련이다. 왜 그 유명한 『슬램덩크』도 처음과 마지막의 그림이 확연히 다르지 않나. 만화를 그리는 동안 작가의 그림 실력이 점점 늘어가는 것은 다른 만화책에서도 어렵지 않게 발견할 수 있다.

그런데 이말년의 그림이 몇 년이 지나도록 그대로라는 것은 무엇을 의미하는가. 자신의 그림 실력이 늘지 못하도록 손을 묶어두고 그릴 리는 없고, 그냥 잘 그리고픈 마음 자체가 없는 게 아닐까 싶다. 대충 그리는 거다. 따지고 보면 잘 그릴 필요도 없다. 이말년 만화의 참맛은 '병맛코드'로 불리는 황당한 전개와 내용이므로 지금의 황당한 그림체가 딱이다. 매끈하게 잘 그린 그림으로는 그 맛이 안 난다고나 할까. 그런 의미에서 그의 그림체는 이미 완성된 스타일이다. 더 잘 그릴 수가 없는.

대충 그린 그림에는 그 특유의 맛이 있다. 잘 그린 그림에선 느껴지지 않는 그런 맛. 잘 그리려 애쓰지 않아서 드러나는 매력. 그런 것들에 우리는 고개를 끄덕이며 설득당하고 만다.

"대충 그렸는데 이상하게 좋다."

"못 그려서 더 재미있군."

무엇보다 대충 그려서 세상에 툭 하고 던져놓는 그 대범함이 좋다. 그들처럼 대충 그려서 먹고살 수 있다면 얼마나 좋을까. 누구나 그런 삶을 꿈꾸겠지만 대부분은 그쪽으로 가지 않는다. 왜냐면 그게 가능할 것 같지 않아서다. 나도 대충 그려서 먹고살고 싶었지만 그러지 못했다. 겁이 났다. 내가 그렇게 될 리가 없잖아, 그런 건 감각 있는 사람들이나 하는 거야. 그렇게 나를 믿지 못하고 그냥 포기해버렸다. 남들처럼 열심히 그려서 먹고사는 게 훨씬 현실적으로 느껴졌달까.

이처럼 대충 그린 그림으로 먹고사는 건 웬만한 배짱으론 힘든 일이다. 대충 그린 그림을 클라이언트에게 들이밀고 돈을 주시오 당당하게 말하려면 스스로 굉장한 소신과 믿음이 있어야 한다. 결국 용기를 내고 마음을 다해 부딪치지 않고서는 대충 그려서 먹고살 수가 없는 것이다.

안자이 미즈마루의 책의 부제가 왜 '마음을 다해 대충 그린 그림'인지 이제야 알 것 같다. (내 멋대로 해석이다.) 나는 마음을 다하지 못했다. 내 그림을 그리지 못하고 비겁하게 남의 눈치나 보면서 이도 저도 아닌 그림을 그렸다. 아아, 이렇게 살아선 안 된다. 마음을 다하지 않은 그림을 세상에 내어놓다니, 부끄러운 짓이다. 앞으로는 다르게 살 거다. 그러니 클라이언트들은 들어라.

"성의 없는 게 아니고 마음을 다해 그린 겁니다."

뭐라도 쓰는
마음

쓸 얘기가 없어.
겨우 이런 걸 써도 되나?
이런 얘기가 무슨 의미가 있지?
그럼 어떤 걸 써야 하지?
에세이란 무엇일까?
왜 쓰는 거지?
왜 사는 거지?
...

마지막으로 다녔던 회사는 정말 작은 곳이었다. 직원이라 해봤자 사장인 '오 팀장님'과 나, 둘이 전부였다. 왜 '오 대표'가 아니고 '오 팀장'인가에 대해 설명하려면 좀 복잡한데 일단 사장 마음이라고 정리해두자. 중요한 건 그게 아니고, 남자 둘이 점심시간에 밥을 먹을 때는 이런 광경이 펼쳐진다.

"오늘은 뭐 먹을까?"

"글쎄요. 아무거나 다 괜찮아요. 팀장님은 뭐 드시고 싶으세요?"

"나도 딱히 먹고 싶은 건 없는데. 진짜 뭐 먹고 싶은 거 없어?"

"음……. 생각나는 게 없네요. 뭐 먹죠?"

남자 둘이서 메뉴를 정하기란 생각보다 힘든 일이다. 쉽게 합의가 이루어지지 않는다. 이는 상대를 배려한 것이기도 하지만 남자들은 먹고 싶은 게 잘 떠오르지 않는 편이다. 맛있는 음식에 대한 욕구가 없는 게 아니라 지금 뭐가 먹고 싶은지를 잘 모른다.

반면 순전히 개인적인 느낌인데, 여자들은 먹고 싶은 것이 그때그때 딱 하고 떠오르는 것 같다. 여자들은 뇌 한구석에 메뉴 선정을 관장하는 부위가 따로 있다는 게 내 결론이다. 오늘은 두부가 잔뜩 들어간 칼칼한 김치찌개가 당기지 않아? 어머, 그래요. 김치찌개 먹고 나선 달달한 밀크티 어때요? 좋았어, 가자고! 꿍짝이 잘 맞는다고 할까. 일이 일사천리로 진행되는 걸 자주 봤다. 생각해보면 여직원들과 함께였을 땐 메뉴 선정에 별 어려움이 없었다. 그들의 결정은 언제나 탁월했고, 남자들은 그저 따르면 됐다.

　"그럼 돈가스나 먹으러 갈까?"
　결국 보다 못한 팀장님이 조심스레 의견을 내고 우리는 돈가스를 먹었다. 자주 먹었다. 일주일에 두어 번은 그런 식으로 돈가스를 먹었다. 딱히 돈가스가 싫지 않았기에 불만은 없었지만 좀 자주 먹는단 생각이 들어 넌지시 물었다.
　"팀장님은 돈가스를 좋아하시나 봐요?"
　내 말에 팀장님은 화들짝 놀라며 부인했다.

"아니야. 내가 무슨…… 그냥 만만하니까 먹는 거지. 안 좋아해, 돈가스."

마치 들켜선 안 될 마음을 들킨 사람처럼 구는 모습이 웃겨서 장난기가 발동했다. 어른도 돈가스 좋아할 수 있어요. 부끄러운 일 아니니까 솔직하게 말씀하세요. 어허, 아니라니까. 팀장님은 끝까지 아니라고 우겼다.

그 후로도 우리는 자주 돈가스를 먹었다. 그때마다 나는 팀장님을 놀렸다. 이렇게 자주 먹는데도 안 좋아한다고 하실 거예요? 난 돈가스가 좋다, 왜 말을 못하냐고요! 집요한 내 놀림에 팀장님은 백기를 들고 말았다. 솔직히 그동안 자신이 돈가스를 좋아하는지 아닌지 생각해본 적이 없었다고. 최근에야 돈가스에 대해 진지하게 생각해봤다고. 인정하긴 싫지만 좋아하는 것 같다고. 이제 됐냐? 암요, 됐고 말고요. (웃음) 이제 팀장님은 어디 가서 돈가스를 좋아한다 말하고 다닐까. 나는 요즘도 돈가스를 먹을 때마다 오 팀장님이 떠오른다. 입가에 돈가스 같은 미소가 번진다.

원래 에세이 작가가 될 생각은 없었는데 어쩌다 보니 에세이를 쓰고 있다. 그리고 세상에 쉬운 일이 없다는 걸 새삼 느낀다. 에세이라는 것이 아무래도 일상에서 소재를 찾아야 하는데 이게 생각처럼 쉽지가 않다. 대개의 하루는 반복적이고 새로운 것이 없다. 어제가 오늘 같고 오늘이 어제 같은 하루하루가 이어진다. 있는 에피소드는 이미 다 끌어다 썼고 새로운 일은 없으니 언제나 소재가 부족하다. 맞다. 요즘의 나는 다 쓴 치약을 쥐어짜듯 간신히 글을 짜내고 있다. 아무래도 이 짓도 오래 해먹진 못할 듯하다.

아무튼, 뭐라도 하나 건지려고 무심코 흘려보내던 일상을 예민하게 살핀다. 시시한 것들을 그럴듯한 글감으로 둔갑시키는 작업을 하려면 아무 생각 없이 먹던 돈가스도 그냥 넘기면 안 된다. 돈가스를 마치 평양냉면 대하듯 섬세하게 맛보고, 돈가스 하나에 추억과 돈가스 하나에 사랑과 돈가스 하나에 쓸쓸함과 돈가스 하나에 팀장님과……. 그렇게 있는 거 없는 거 다 떠올리다 보면, 그러면 조금 달라 보인다. 돈가스는 이제 내가 알던 돈가스가 아니다. 하나의 칼로리 덩어리에 지나지 않았던 그의 이름을 불러주었을 때 그는 내게로 와 의미가 된다. 의미 있는 것들로 삶을 채워간다는 건 무심코 지나쳤던 것들을 돌아보고 이름을 불러주는 것일지도 모른다.

오늘도 바닥에 흩어진 무언가를 주워다 묻은 흙을 털고 반짝반짝하게 닦아 나만의 보물상자에 옮겨 담는다. 내 삶에 의미 있는 것이, 글감이 하나 늘었다. 아아, 에세이 이렇게 쓰는 거 맞습니까?

그나저나 여러분은 돈가스 좋아하세요?¶

난 누군가
또 여긴 어딘가

모르겠어요…

고등학교 진학을 앞두고 있던 어느 날, 담임선생님이 나를 따로 불러 학교 하나를 추천했다. 집에서 거리가 좀 있는 상업고등학교였는데 성적 우수 학생을 뽑고 있다고 했다.

"장학생으로 들어가면 3년 동안 학비를 안 내도 된다."

어려운 우리 집 형편을 고려한 제안이었다. 나는 그 자리에서 바로 가겠다고 했다. 어차피 대학에 갈 생각은 없었다. 성적은 그럭저럭 괜찮았지만 공부를 더 하고 싶은 마음은 없었다. 고등학교만 졸업하면 바로 돈을 벌고 싶었다. 직업 준비교육으로 특화된 고등학교니 취업 걱정은 없겠지.

'아, 잘못 왔다!'

상고에 입학하고 2년이 다 지나갈 때쯤 그런 생각이 들었다. 1학년 때 주산 수업이 있었다. 선생님이 불러주는 숫자에 맞춰 주판알을 튕기며 요즘도 주판으로 계산을 하나 의심이 들었지만, 다 필요하니까 배우는 거겠거니 했다. 그런데 웬걸, 2학년이 되자

주산 과목이 없어졌다. 이젠 아무도 주판을 쓰지 않는다고 했다. (참 빨리도 알아챘다.) 종이를 위에 끼워서 타이핑하는 기계식 타자기를 열심히 익혔는데 타자 과목도 없어졌다. 이젠 컴퓨터의 시대라고 했다. 부랴부랴 컴퓨터로 문서 작성하는 법을 익혔다. (그때 컴퓨터라는 걸 처음 만져봤다.) 세상은 너무 빨리 변하고 있었고 우리는 그걸 따라가기에 급급했다. 아니 전혀 따라가지 못하고 있었다.

상고 출신이 번듯한 대기업에 척척 입사했던 영광은 이미 옛일이었다. 취업에 실패하는 선배들이 수두룩했고, 간신히 취업한 선배들도 이름 없는 회사에 만족해야 했다. 괜찮은 회사는 대졸자들의 몫이었다. 주판이나 타자기의 문제가 아니었다. 학교의 잘못도 아니었다. 세상은 이제 고졸 학력을 필요로 하지 않는 것만 같았다.

'대학에 가야겠어!'

누구도 내게 대학에 가야 한다고 말해주지 않았다. 부모님조차 진학 문제에 대해선 어떤 조언이나 강요가 없었다. 솔직히 부모님은 그쪽으로는 잘 모르는 것 같았다. 부모님의 유일한 걱정은 대학에 가면 돈이 많이 든다는 것이었다. 어쨌거나 나는 대학에 가기로 했다. 누구의 강요 때문이 아니고 내가 간절했기 때문이었다. 먹고사는 데 필요한 경쟁력을 갖추기 위해서.

주판알, 아니 계산기를 두드려봤다. 고3이 다 되도록 수능 공부를 하지 않은 내가 대학에 갈 확률은? 지금부터 죽어라 공부한다 해도…… 힘들어 보였다. 좌절하던 찰나, 내가 그림을 그릴 줄 안다는 사실을 떠올렸다. 미대라면 가능하지 않을까? 부족한 수능점수를 실기로 커버할 수 있지 않을까?

어릴 때부터 그림을 그렸다. 소질도 조금 있었는지 각종 대회에서 상을 여러 번 받았다. 하지만 그림 그려서는 먹고살기 힘들다는 얘기를 워낙 많이 들었던 터라 딱히 직업으로 삼을 생각은 없었다. 미술을 더 공부하고 싶은 마음도 없었다. 오로지 대학을 가기 위한 선택이었다. 대학을 가기 위해서라면 전공 따위는 별로 상관없었다. 때마침 디자인이 뜨고 있었다. 앞으로는 디자인의 시대라고 했다. 그래서 디자인과로 방향을 정하고 대학에 갔다. 대학 졸업장만 있으면 취업도 문제없겠지.

'아, 이게 아닌가?'

순진했다. 대학 졸업을 앞둔 시점, 세상은 또 변해 있었다. 그사이 많은 일이 일어났다. IMF가 터졌고, 21세기가 시작되었고, 한국이 월드컵 4강에 진출했고, 인터넷의 시대가 되었으며, '소녀시대'가 데뷔했다. 그리고 대학 졸업장만 가지고는 취업이 힘들다고 했다. 서울대를 나와도 박사 학위가 있어도 놀고 있는 사람이 널렸다는 뉴스가 들려왔다. 대학만 나오면 취직은 그냥 되는 거 아니었어? (응, 아니야.) 그런 건 없었다. 마치 길을 잃은 것 같은 기분. 나만 그렇게 느낀 건 아니었다. 졸업 후의 삶이 막막했던 한 학생이 교수에게 이렇게 물은 적이 있다.

"학교에선 취업 준비는 안 해주는 겁니까?"

교수는 한심하다는 표정을 짓더니 이렇게 답했다. 대학은 학문을 가르치는 곳이지 취업을 알선해주는 곳이 아니다. 여기서 배운 거로 뭘 하든 자기가 알아서 해야지. 아, 인생은 각개전투. 예 썰!

살길을 찾아 각자 알아서 흩어졌다. 대학원에 진학하는 사람, 외국 유학을 떠나는 사람, 졸업을 미루고 취업 준비를 하는 사람, 자기 회사를 차리는 사람…… 그리고 나처럼 백수가 되는 사람.

대학을 졸업할 때 내 나이 서른하나였다. 입시생부터 대학 졸업까지, 나의 20대를 온전히 대학에 바친 셈이다. 경쟁력 좀 높여보려고 그 오랜 시간을 투자했건만 결국 나는 주저앉았다. 좋은 대학에 가면 저절로 잘 풀릴 줄 알았던 인생이 꼬여버렸다.

취업 활동도 하지 않고 집에 틀어박혀 헛되고 헛되게 몇 년을 보냈다. 왜 그랬냐고? 밖에는 취업 전쟁이 벌어지고 있고 형편없는 학점과 졸업장만 달랑 손에 들고 전장으로 뛰어들어봤자 승산이 없다는 것을 직감했으니까. 늘 이런 식이다. 열심히 달려도 따라잡지 못한다. 무언가의 뒤만 계속 쫓고 있는 기분. 경쟁력 없는 자의 숙명일까. 지친다.

경쟁력을 가지는 것. 남들보다 내가 낫다는 걸 증명하는 것. 그 방식에 지쳐버렸다. 대학만 졸업해도 경쟁력 있던 시절이 있었다. 지금은 대부분이 대학을 나오니 그것만 가지고는 경쟁력이 없다. 그 이상이 필요하다. 그리고 모두가 노력해 그 이상을 해내면 그것 또한 경쟁력을 잃는다. 그 이상의 이상이 필요하다. 요즘은 취업을 위해 '스펙 9종 세트'를 갖추어야 한다는 말까지 나온다. 학벌, 학점, 토익, 어학연수, 자격증, 공모전 입상, 인턴 경력, 사회봉사, 성형수술. 왜 이렇게까지 해야 하는 걸까.

이건 낭비다. 불필요한 경쟁이며 자원 낭비다. 과연 이게 누구에게 좋은 경쟁인 걸까. 회사에서 저 스펙을 다 갖추고 오라고 한 것이 아니다. 사실 회사에서는 필요 없는 스펙이 대부분이다. 우리는 알아서 기고 있다. 회사는 그냥 편안하게 싸움을 지켜볼 뿐이다. 이기는 놈이 우리 편. 전지전능한 회사의 눈에 들기 위해 우리는 처절하게 싸운다. 과연 이 싸움에 끝이 있을까? 나중엔 어떤 스펙까지 갖추어야 할지 상상도 안 된다.

반대로 취업 경쟁에서 승리한 승자들은 아무 문제가 없는 걸까. 쭉 뻗은 고속도로를 아무런 걱정 없이, 핸들에서 손을 놓은 채 달리기만 하면 되는 걸까? 놀랍게도 대기업 입사 1년 안에 퇴사하는 비율이 30%에 이른다고 한다. 퇴사하고 싶어도 아까워서 못하는 사람까지 합치면 훨씬 높은 비율의 사람이 이렇게 느낀다는 얘기다.

'아, 여기가 아닌가?'

다들 못 가서 난리인 대기업을 제 발로 나온다니 이해가 안 갈 수도 있지만 겪어보지 않고선 모르는 것들이 있다. 언제나 이상과 현실은 다른 법. 고생고생해서 얻은 것을 버려야 했을 때 마음은 오죽했으랴. 하지만 너무 좌절할 필요는 없다. 이 사람 저 사람 많이 만나봐야 자기와 잘 맞는 짝을 찾을 수 있듯 더 많은 경험, 더 많은 실패가 우리에게 필요한지도 모르겠다.

이제 나는 안다. 한 번에 모든 걱정과 불안이 해결되는 만능키 같은 정답은 없다는 걸. 어떤 선택을 하든 우리는 항상 잘못된 곳에 와 있다. 앞으로도 그럴 것

이다. 그저 끊임없이 궤도를 수정하며 나아가는 것이 인생인지도 모르겠다. 아, 마음이 조금 가벼워진다. ¶

겨울이 알려준
생존법

추위를 많이 타는 탓에 겨울이 썩 반갑지 않다. 그래도 조금이나마 겨울을 즐길 수 있는 이유는 겨울에만 입을 수 있는 옷들이 있기 때문이다. 목까지 올라오는 터틀넥 니트와 부드러운 촉감의 캐시미어 니트, 특히 겨울 코트를 꺼내 입을 생각을 하면 겨울이 그리 싫게만 느껴지진 않는다. 울로 만들어진 두툼한 코트는 추위로부터 몸을 보호하는 동시에 몸을 가장 멋져 보이게 하는 외투다. 맞다. 체형 커버에 탁월하다는 얘기다. 나처럼 감출 게 많은 사람은 겉옷 입는 걸 좋아한다.

그중에서도 겨울 코트는 내가 가장 좋아하는 아우터다. 겨울엔 코트 하나면 그날의 코디가 끝난다. 안은 대충 입었어도 겉에 괜찮은 코트 하나만 걸쳐주면 순식간에 신경 써서 잘 차려입은 사람이 된다. 오늘은 뭘 입을까. 단정한 네이비 컬러의 싱글 브레스티드 코트를 입을까, 아니면 우아한 카멜 컬러의 더블 브레스티드 코트를 입을까. 즐거운 고민이 시작된다. 이 좋은 걸 겨울에만 입을 수 있다니, 아쉬울 뿐이다.

"코트 입으면 춥지 않아?"

코트를 입고 있으면 그런 질문을 종종 듣게 된다. 아마 가볍고 따뜻한 패딩이 있는데 왜 코트를 입느냐는 걱정일 거다. 멋 부리다가 얼어 죽어, 뭐 이런 핀잔이기도 하다. 춥지 않냐고? 솔직히 춥습니다. 하지만 추우니까 겨울이고 추워도 멋은 포기할 수 없지요. (코트가 특별히 멋 부린 옷이라 생각하진 않지만.) 겉멋이 단단히 들었다고 욕할 사람도 있겠지만, 멋은 중요하다.

물론 겉보단 내면이 더 중요하지만 겉모습도 무시해서는 안 된다는 게 내 생각이다. 아무리 좋은 선물도 신문지에 싸서 준다면 성의가 없어 보이기 마련이다. 진심이 전달되지 않는다. 내용 못지않게 포장도 중요하다. 이것은 허례허식이 아니다. 소개팅 자리에 트레이닝복 차림으로 나온 사람을 좋게 생각할 수 있을까? 하와이언 셔츠에 반바지를 입은 자산관리사를 신뢰할 수 있을까? 옷차림은 예의의 문제, 신뢰의 문제다. 자신을 귀하게 취급하는 태도이기도 하다. 나라는 존재를 비닐봉지에 담을지 예쁜 상자에 담을

지는 한번 생각해볼 문제다. 에잇, 너무 구구절절해. 뭘 이렇게까지 변명하고 있지? 그냥 나는 코트가 좋을 뿐이다.

패션에 일가견이 있다거나 하진 않다. 패션 피플은 더더욱 아니다. 그저 내 눈에 멋져 보이는 옷을 입고 싶은 평범한 아저씨일 뿐이다. 패딩과 코트 중 선택해야 한다면 나의 선택은 언제나 코트다. 물론 누군가의 눈엔 패딩이 훨씬 멋있어 보이겠지만 내 눈엔 그렇지 않으니 어쩔 수 없다. 특히 몇 년 전부터 유행하고 있는, 옷이라기보단 침낭에 가까운 롱패딩을 내 몸에 걸치는 상상을 하면…… 아아, 차라리 죽음을…….

그랬던 내가 롱패딩을 샀다. 재작년쯤이었나, 여기가 한국인지 시베리아인지 헷갈릴 정도의 매서운 한파가 몰아쳤고 이러다 진짜 얼어 죽는 게 아닌가 겁이 났다. 버틸 만한 추위가 아니었다. 나는 바로 신념을 굽혔다. 나는 심지가 굳은 게 아니라 제대로 된 추위를 만나지 못했던 거였다. 위대한 대자연

앞에선 누구라도 겸손해진다. 어쨌거나. 그렇게 산 롱 패딩은 따뜻했다. 솔직히 이 정도로 따뜻할 줄은 몰랐다. 장담하는데 롱패딩을 한 번도 안 입어본 사람은 있어도 한 번만 입은 사람은 없을 것이다. 왜 진작 입지 않고 벌벌 떨면서 겨울을 보냈는지 후회가 됐다. 의복이란 멋에 앞서 몸을 보호하는 목적이 더 크지 않은가. 기본을 잊고 있었다.

많은 사람이 롱패딩을 입는 데는 이유가 있었다. 롱패딩은 검은색으로만 입어야 한다는 법적 제재 같은 게 있을 리 만무하지만 모두가 한마음으로 검은색을 선택하는 것 또한 너무나 자연스러운 일이었다. 애초에 멋보다는 기능적인 목적에서 입는 옷이니 컬러 역시 기능적인 블랙으로 귀결될 수밖에. 가장 무난하고 때도 덜 타니까. 그리고 남들과 다르면 안 되니까. 예쁘지 않은 옷이 튀어봤자 예쁘지 않음을 더 부각하는 꼴밖에 더 되겠나. 사람들이 다 검은색을 입으니 나의 선택도 검은색이었다.

겨울이 되면 검은색 롱패딩으로 거리가 가득하다.

롱패딩을 입고 사람들 틈에 섞이면 나는 익명이 된다. 나라는 존재는 희미해지고 검은색 무리의 일원이 된다. 노바디(nobody). 그 느낌이 나쁘지 않다. 마치 보호색을 입은 것처럼 안심이 된다. 이래서 모두가 롱패딩을 입는 걸까. 이것이 '인싸'가 되면 느끼는 따뜻함인가.

요즘 나는 혹독하게 춥지 않은 날에도 롱패딩을 입는다. 동네 슈퍼에 물건을 사러 잠깐 나갔다 올 때라거나 편하게 여기저기 돌아다니고 싶을 때, 그럴 때 롱패딩이 딱이다. 마치 투명망토를 두른 것처럼 눈에 띄지 않는 사람이 되어 돌아다닐 수 있다. 그저 흔하게 보이는 익명의 롱패딩일 뿐이므로 사람들도 나를 의식하지 않고 나도 사람들을 의식하지 않게 된다.

패션은 자신의 취향이나 개성을 드러내는 수단이기도 하지만 자신을 감추는 목적으로도 쓸 수 있다는 사실을 롱패딩을 통해 알게 됐다. 우리나라 사람들이 유독 유행에 민감한 이유도 그것이 아닐까 싶다. 유행을 따르지 않으면 주목받으니까. 트렌디한 사람이 되고 싶은 것이 아니라 그저 튀고 싶지 않아서, 무리와 어울리기 위해서. 아이러니하게도 유행을 따르는 것은 그저 평범해지려는 노력일지도 모르겠다. 그래, 적당히 휩쓸리며 사는 것도 나쁘지 않네.

내가 특별한
이유

오래전 읽었던 소설을 다시 꺼내 읽다가 책장 사이에 꽂혀 있는 영화표를 발견했다.

다 큰 여자들

2009-10-11(일) 6회 19:00

B층 2관 54번 8,000원 씨네큐브

영화를 보고 나서 읽고 있던 책에 책갈피 삼아 꽂아둔 모양이었다. 10여 년 전의 나는 이 소설을 읽고 이 영화를 보았구나. 2009년 10월 11일 저녁 광화문의 한 극장에, 내가 있었구나. 완전히 잊혔던 과거 한 시점의 내 모습이 박제된 채 거기 있었다. 그때의 나는 어떤 마음이었을까. 그때의 마음이야 기억나지 않지만 그 모습을 지켜보는 지금의 나는 왠지 울고 싶은 기분이 되었다. 지나가버린 것들은 괜히 서글프다.

그건 그렇고. 분명 내가 본 것이 맞을 이 영화가 도무지 기억나지 않아 인터넷에 검색해보았다. 줄거리도 읽어보고, 스틸컷도 살펴보고, 예고편까지 봤지만 너무 생소했다. 이 영화를 봤다는 사실까진 기억이 나는데 영화의 어떤 부분도 기억나지 않았다. 아마 더럽게 재미없었거나 인상적인 구석이 한 군데도 없었던 모양이다. 놀랍지 않다. 그 시절 나는 이런 재미없는 영화들을 많이 봤고 대부분 기억하지 못한다. 변태가 아닌 이상 재미없는 영화를 좋아할 리는 없고, 남들이 잘 보지 않는 영화를 찾아서 보다 보니 그렇게 됐다.

지금은 보기 힘들지만 예전엔 예술영화나 독립영화를 상영하는 작은 극장들이 꽤 있었다. 그런 극장을 돌며 독특한 영화를 보는 게 내 취미라면 취미였다. 마땅히 갈 곳이 없어서였을지도 모른다. 아무튼, 비주류 영화를 본다는 건 일종의 도박과도 같다. 가끔은 사람들이 모르는 게 안타깝다 싶을 정도로 좋은 작품을 만나기도 하지만 대부분은 뭘 본 것인지도 모르는 채 극장을 나오게 된다. 많은 실패에도 불구하고 비주류 영화를 보는 것은 내게 커다란 즐거움이었다. 나 자체가 비주류라 더욱 애착이 갔는지도 모르겠다.

2006년이었나, 뭐 볼만한 영화가 없나 종로에 있는 '씨네코아'에 들렀더랬다. 상영작 중에 특이한 제목을 발견하고 매표소에서 표를 끊었다.

"〈조제, 호랑이 그리고 물고기들〉 한 장이요."

돈을 지불하려 하자 점원이 말했다.

"공짜입니다."

"네?"

오늘이 마지막 상영이라고 했다. 이제 극장이 문을 닫는다고. 마지막은 무료 상영이라고 했다. 공짜 표를 얻었으니 기뻐 날뛰었어야 했지만 그러지 못했다. 서운했다. 이제 다시는 이 극장에서 영화를 볼 수 없다니. 이곳에서의 추억이 참으로 많은데…… 이렇게 이별이구나. 그나마 다행스러운 건 마지막을 함께할 수 있다는 점이었다. 우연이라고 하기엔 너무 절묘한 타이밍이라 운명처럼 느껴졌다. 극장이 내게 작별 인사를 건네려는 것일까.

영화는 더할 나위 없이 좋았다. 이런 영화를 만난다는 건 행운이다. 많이 울었다. 한 남자와 한 여자가 만나 사랑을 하고 헤어진다. 특별할 것 없는 이야기였지만 울림이 컸다. 내게 〈조제, 호랑이 그리고 물고기들〉은 '뒷모습'으로 기억되는 영화다. 이별 후 남겨진 이의 뒷모습을 이토록 담담하게 툭 던져놓다니. 그래서 더 슬프다. 이별 후에도 우리는 살아가고, 살아가야만 한다.

영화가 끝나고 극장의 대표가 마이크를 잡고 마지막 인사를 했다. 마지막 상영으로 무슨 영화를 골라야 할지 고민이 많았다고. 결국 자신이 좋아하는 영화를 골랐다고. 그동안 찾아주셔서 감사하다고. 담담한 인사를 건넸다. 관객들은 박수로 작별 인사를 대신했다. 자리가 마무리되고도 나는 오랫동안 일어서지 못했다. 혼자 남아 살아갈 조제가 눈에 밟혀서인지, 사라지는 극장이 아쉬워서인지, 아니면 오래된 연인을 잃은 슬픔 때문인지 알 수 없었다. 분명한 건 한 시대가 끝났다는 사실이었다. 내 안의 무언가와 이별을 한 것 같은, 그런 기분이었다. 그 후로 내가 즐겨 찾던 극장들은 거의 사라졌다. 나는 갈 곳을 잃었고 더 이상 독특한 영화를 찾지 않게 되었다.

내가 독특한 영화들을 즐겨 찾았던 이유는 여러 가지겠지만, 어느 정도의 허영심도 있었음을 고백해야 할 것 같다. 남들과는 다른 취향이 있다는 것, 남들이 모르는 영화를 안다는 것. 그런 것들이 나를 특별하게 만들어준다고 믿었었다. 차이밍량, 이마무라 쇼헤이, 페드로 알모도바르, 프랑수아 오종……. 이름도 낯선 타국의 감독들 영화에 열광했고 그런 내가 자랑스러웠다. 나 자신이 남들과 다른 특별한 사람처럼 느껴져 좋았다.

그러나 허세였다. 착각이었고. 물론 그들의 영화는 끝내주게 좋았지만 내 취향의 이면엔 특별하고픈 욕망이 더 컸던 것 같다. 영화뿐 아니라 많은 부분에서 남들과 다르다는 것을 보여주려 애썼다. 옷도 다르게 입고, 다른 음악을 듣고, 다른 책을 읽었다. 유행하는 것은 일부러 피했다. 그러면 특별해지는 줄 알았다. 아니, 그런 기분이 들었다. 그러다 보면 이런 의문도 생겼다. 내가 이걸 진짜 좋아하는 걸까, 아니면 남들은 안 좋아하기 때문에 좋아하는 걸까. 나도 모르겠다. 확실한 사실은 그런 것들이 나를 특별하게 만들지는 않았다는 거다. 나는 전혀 특별하지 않았다.

언제나 특별하길 원했고 그렇다고 믿었지만 현실은 달랐다. 세상은 내가 특별하지 않음을 다양한 방식으로 되새겨주곤 했다. 처음엔 인정하기 힘들지만 이리저리 부딪히며 이 나이까지 살다 보면 자연스레 그 사실을 받아들이게 된다. 그러고도 살아가야 한다. 어른이 된다는 게 이런 것인가 싶다. 꿈꾸던 아이는 어른이 되었습니다. 이제 꿈에서 깨어날 시간입니다.

한 시대가 막을 내렸다.

이제는 내가 특별하다고 생각하지 않는다. 특별한 사람이 되고 싶다 생각하지도 않는다. 남들과 다른 부분은 숨기고 튀지 않게 살아가려 애를 쓴다. 이렇게 변한 내가 좋기도 하고, 한편으론 슬프기도 하다. 나는 평범한 사람. 평범하게 살아가려 고군분투하고 있다. 그런데 생각지도 못한 반전이 기다리고 있을 줄이야.

평범하게 산다는 게 말처럼 쉽지가 않더라. 남들만큼 하고 산다는 게 이렇게 힘든 줄 몰랐다. 도무지 따라가지 못하니 저절로 특별한 삶이 됐다고 할까. 미세한 각도로 틀어진 평행선이 시간의 흐름에 점점 더 벌어지듯, 생각했던 것과는 전혀 다른 방향의 인생이 돼버렸다. 그렇게 특별하려 기를 쓸 때는 특별함에 닿지 못했고, 평범해지려 하니 평범하지 못하는 인생의 아이러니. 인생이 나를 농락한다.

어찌 됐든 내 삶은 평범하지 않고 특별하다. 결국 내가 즐겨보던 영화들과 닮은꼴이다. 특별하긴 한데 흥행은 못할 비주류. 아아, 그런 영화들을 보는 게 아니었다.

우리가 행복하지
못한 이유

인터넷에 돌아다니는 격언 중 이런 얘기가 있다.

　돈으로 행복을 살 수는 없지만, 자전거에 앉아 우는 것보단 벤츠에 앉아 우는 것이 더 편하다.

　아아, 누가 이 말을 반박할 수 있겠는가. (맞습니다, 맞고요. 백번 천번 옳은 말씀입니다요.) 이왕이면 다홍치마라고 자전거보단 벤츠에 앉아 우는 편이 훨씬 편하고 좋을 게 분명하다. 폼도 나고. 벤츠에 앉아 울어본 적이 없어 확신할 순 없지만 고급지고 안락한 시트 덕분에 눈물이 빨리 그칠지도 모른다. 그러니까 이 격언의 메시지는 뭐니 뭐니 해도 머니가 최고, 정도로 정리할 수 있겠다.

　하지만 이런 얘기는 삶에 별 도움이 안 된다. 오히려 해가 된다. 누구는 벤츠가 편한 걸 몰라서 자전거 타는 줄 아나? 벤츠 좋은 거 세상사람 다 안다. 몰라서 안 타는 게 아니라 못 타는 거다. 그 사실을 떠올리면 멀쩡하다가도 울고 싶어진다. 봐라, 도움이 안 되는 하나 마나 한 얘기다. 이미 우리는 돈이 최고라는 걸 너무나도 잘 알고 있으니까. 아는데 못 가지니까.

또래들과 대화할 때면 돈 얘기가 빠지질 않는다. 아니, 돈 얘기 빼고는 별로 할 얘기가 없는 것처럼 느껴질 때가 많다. 누구는 얼마를 번다더라, 뭘 해서 대박이 났다더라, 거기 집값이 많이 올랐다더라……. 우리의 관심은 온통 돈에 쏠려 있다. 관심사가 너무 좁다. 재미없다. 재미없는 걸 떠나 지친다. 돈 얘기는 하면 할수록 답이 보이는 게 아니라 답답해진다. 마치 장님들이 코끼리를 만져보고 코끼리의 생김새를 설명하는 것 같은, 헛되고 허무한 이야기들. 아이고, 의미 없다.

'돈'은 언제라도 질리지 않지만 '돈 얘기'는 좀 질린다. 얘기를 해서 돈이 생긴다면 매일 하겠지만 현실은 그렇지 않으니, 요즘은 돈 얘기가 듣기 싫어 사람 만나는 걸 피하고 있다 해도 과언이 아니다.

정작 앞의 격언에서 우리가 눈여겨봐야 할 문장은 벤츠에 대한 부분이 아니라 '돈으로 행복을 살 수는 없지만'이다. 돈으로 행복을 살 수 없다. 다들 아는 말이지만 솔직히 가슴에 와닿지는 않는다. 돈 때문에 자존심 상하고, 돈 때문에 비굴해지고. 항상 돈이 없어서 문제였지 너무 많아 문제였던 적은 없으니 말이다. 그래서 돈만 있으면 모든 것이 다 해결되고 행복하리라 생각하기 쉽다. 믿기 힘든 얘기지만 돈이 많아도 돈 문제는 계속된다고 한다. 돈이 많으면 전혀 다른 성격의 돈 문제가 생기는데, 우선 돈 달라는 사람이 많아진다고 한다. 친척, 친구, 동창, 심지어 일면식도 없는 사람들. 수없이 많은 사람이 돈을 빌려달라고, 투자하라고, 혹은 그냥 달라고 한단다. 그렇게 돈을 빌려주고 못 받거나, 사기를 당하거나, 도둑맞는 일이 벌어진다. 거절하면 된다지만 일일이 상대하고 거절하는 것도 여간 피곤한 일이 아니다. 으아, 스트레스. 그래도 그건 좀 나은 편이다. 가장 가까운 사람들과도 돈 문제가 생긴다. 돈 때문에 사랑하는 사람에게 배신당하기도 하며 가족끼리 싸우기도 한다. 심한 경우 부모 자식 간에 의절을 하기도, 형제끼리 원수가 되기도 한다. 이쯤 되면 내가 부자가 아닌 게 다행처럼 느껴진다.

얼마 전, 한 대기업 총수 일가의 갑질과 폭언이 큰 화제였다. 남부러울 것 없는 재력을 가진 그들의 언행을 보고 있자니 도저히 이해가 가지 않았다. 뭐가 아쉬워서 저러고 살까? 그들은 행복과는 거리가 멀어 보였다. 미칠 듯 분노하고 타인을 멸시하는 태도는 병든 모습에 가까웠다. 가진 힘을 과시하며 남을 짓밟아야 자신이 높아진다고 믿는, 자존감 바닥인 사람들이 거기 있었다. 뭐 그들의 자존감이나 행복도는 내가 알 수 없지만 매일같이 폭발하듯 분노하는 사람이 행복한 사람이라고는 생각되지 않는다. 이것만 봐도 돈이 반드시 행복을 가져다주는 것은 아니다. 실제로 많은 부자가 행복하지 않다고 한다. 돈이 많으면 매일매일 행복하고 즐거운 일만 있을 것 같지만 그들도 우울증에 걸리고, 고민이 있고, 고통을 느끼며 살아간다. (아아, 정말 믿기 힘들다.) 물론 행복하게 사는 부자들도 있다. 하지만 그들이 행복한 건 꼭 돈 때문만은 아니라는 거다. 돈이 전혀 상관없다는 건 아니지만 무조건 '돈＝행복'의 인과관계로 묶이는 것도 아니다.

결론은 돈이 많다고 아무런 문제가 없는 것도 아니며 반드시 행복해지는 것도 아니라는 것. 뒤집어보면 우리가 행복하지 못한 이유가 돈 때문만은 아닐 수도 있지 않을까 하는 질문도 가능하다. 어쨌든 돈으로 행복은 얻기 어렵다. 뭘 해야 행복한지 명확한 답이 없어서 그렇다. 그래서 누군가는 행복을 목적으로 살면 반드시 실패할 거라는 말을 했다. 아아, 그렇구나. 행복은 얻기 힘드니 돈을 추구하며 사는 것이 나을 수도 있겠다. 돈으로 행복을 살 수는 없지만 여러모로 편하기는 할 테니.

　다시 원점으로 돌아왔다. 돈이 최고다. 자, 이제 돈을 많이 벌면 된다. 근데 이런 답은 삶에 도움이 안 된다. 내가 그동안 이 사실을 몰라서 돈을 많이 안 번 게 아니다. 돈 많으면 좋다는 거 잘 아는데, 간절히 원하는데 못 가지니까 나도 환장하겠다. 그러니까…… 뫼비우스의 띠에, 내가 찾은 정답에 스스로 갇힌 기분이다.

조용히
불타는
금요일

금요일이다!

언제부턴가 금요일은 그냥 금요일이 아니다. '불금'이다. 왠지 불태우고 찢어버려야 할 것 같은 느낌적인 느낌. 그래서 나는 금요일 밤엔 어김없이 홍대 앞 클럽에서 음악에 몸을 맡긴 채 밤을 불태우……고 싶지만 그러기엔 몇 가지 문제가 있다. 나는 사람 많은 곳이 싫고, 시끄러운 건 더 싫고, 무엇보다 클럽 측에서 나를 받아주질 않는다. 그래서 금요일 밤이면 맛있는 음식과 맥주를 챙겨 TV 앞에 앉는다. 불금이 별건가, 이렇게 태우면 되지. 한 주의 끝을 자축하는 조용한 파티가 열린다. 시원한 맥주를 마시며 TV를 보는 시간은 내게 큰 기쁨이다.

요즘 내 불금을 책임지는 프로그램은 혼자 사는 스타들의 일상을 관찰하는 예능 〈나 혼자 산다〉다. 평소 남들 사는 것에 관심 없다고 생각했었는데 착각이었다. 남들이 어떻게 사는지 보는 게 이렇게 재미있을 줄이야. 특히 혼자의 삶에 집중하다 보니 출연자의 개성과 라이프스타일이 더 도드라져 다양한 삶을 지켜보는 재미가 쏠쏠하다. 정말 각자의 스타일대로 재밌게들 산다. 주거 형태도 공간의 크기도 취향도 각양각색인데 모두의 삶이 좋아 보인다. 거기에 옳고 그름은 없다. 다양함이 있을 뿐이다. 펜트하우스에 사는 스타도 있지만 원룸에 사는 스타도 있고, 반지하에 사는 스타도 있다. 그런 다양함을 지켜보는 것이 좋다.

출연자들의 일상을 지켜보다 보면 출연자에게 매력을 느끼게 되는 순간이 있다. 그 순간은 바로 출연자의 색다른 면을 보았을 때다. 반전매력이랄까. 도도해 보이는 겉모습과는 다르게 어수룩한 면이 있다거나, 화려한 이미지와는 다르게 검소한 모습을 볼 때 그 사람에 대한 호감이 상승한다.

"저 사람에게 저런 면이 있었어?"

다시 보게 된다. 그 사람에 대해 가지고 있던 편견은 깨지고 이미지가 재구성된다. 그리고 그 사람을 조금 더 잘 알게 된 것 같은 기분이 든다. 누군가를 잘 안다는 건 그 사람을 한마디로 정의할 수 있는 게 아니라 그 사람의 다양한 면면들을 많이 아는 것이 아닐까 싶다.

반대로 매력이 반감하는 출연자도 있다. 솔직하지 못하거나 뭔가 작위적인 느낌이 날 때 호감은 떨어진다. 머리부터 얼굴까지 완벽하게 세팅이 된 상태로 막 잠에서 깬 척 침대에서 우아하게 일어난다든가 하는 식인데, 그런 연출과 설정은 아무래도 티가 난다. 예쁘고 좋은 모습만 보여주고 싶은 마음이야 이해하지만 그 순간 시청자들의 몰입은 깨지고 만다.

영화에 '낯설게 하기' 기법이 있다. 예를 들면 영화 속 주인공이 갑자기 카메라(관객)를 향해 말을 거는 장면. 그 순간 영화에 몰입해 있던 관객들은 깨닫는다. '아, 맞다. 이거 영화지?' 이후 관객은 영화 속 이야기에 깊이 빠지지 못하고 강 건너 불 보듯 영화를 보게 된다. 관객이 영화와 일정 거리를 두길 바라는 감독의 계산된 연출이다. 의도하지 않은 경우에도 거리감이 생길 수 있다. 배우가 연기를 못했을 때다. 눈앞에 펼쳐지는 장면이 진짜가 아닌 연기라는 것이 티가 나는 순간 관객의 몰입은 산산이 조각난다.

관찰 카메라 형식의 예능에서도 마찬가지다. 출연자가 연기를 하고 있다 생각되는 순간, 흥이 깨지고 만다. 분명 더 좋은 모습을 보여주려 꾸몄을 테지만 오히려 있던 매력마저 깎아먹게 되니 출연하지 않은 것만 못하다. 그래서 커트 코베인은 이렇게 말했다. "다른 누군가가 되어서 사랑받기보다는 있는 그대로의 나로서 미움받는 것이 낫다."

사실 자기가 사는 모습을 있는 그대로 남에게 보이는 건 쉬운 일이 아니다. 그것도 전국으로 나가는 방송에서 말이다. 그래서 누추한(?) 모습까지도 감추지 않고 솔직하게 보여주는 출연자들이 고맙다. 내가 이 프로를 보면서 신선함을 느끼는 지점은 넓고 좋은 집, 평범한 나는 꿈도 못 꿀 화려한 삶을 볼 때가 아니다. 정반대로 너무나 익숙한 장면을 볼 때 신선하다. 화려해 보이는 스타도 집에선 목이 늘어난 티셔츠를 입고, 화장실 바닥에 쭈그려 앉아 머리를 감고, 라면을 끓여 끼니를 때운다. 아무렇지 않게 그런 모습을 보여줄 수 있는 솔직함이 좋다.

그 솔직함 덕분에 나는 금요일 밤이 즐겁고, 스타와 나라는 어마어마한 간극에도 불구하고 그들과 내가 크게 다르지 않다고 느낄 수 있다. 사람 사는 거다 똑같네. 그 순간만큼은 빈부 격차니 양극화니 다 잊게 된다. 금요일 밤 내 마음 안에선 대통합의 잔치가 벌어진다. 그런 의미에서 이 프로그램이 오래도록 방영되기를. 다들 부디 지금처럼 오래오래 혼자 살아주기를. 아…… 이건 아니지.

현자가 될
시간

Life is

No Jam.

인생 뭐 있어?

요즘 뭘 해도 심드렁하다. 영화를 봐도, 책을 읽어도, 여기저기 돌아다녀봐도 재미가 없다. 심지어 트와이스의 뮤직비디오를 봐도 아무런 감흥이 없으니…… 진짜 심각하다. 무언가를 할 의욕도 안 생기고 모든 것이 부질없게 느껴지니 아아, 또 그분이 오신 건가.

흔히 하는 말로 인생 노잼 시기가 찾아왔다. 노잼 시기를 좋아할 사람은 없다. 재미를 떠나서 일단 노잼 시기에 들면 인생이 크게 잘못되고 있다는 느낌이 들기 마련이다. 뭔가 정체된 것 같고 이렇게 살아서 뭐 하나 싶다. 그깟 재미가 뭐라고.

가만 생각해보면 우리는 이미 재미의 가치를 높게 쳐주고 있다. 연예인이나 스포츠 스타를 떠올려보자. 그들은 우리가 상상도 못할 엄청난 돈을 버는데, 가끔은 그게 그렇게 가치 있는 일인 걸까 의구심이 들지 않나? 공을 던지고 방망이로 그걸 받아치는 게 그렇게 많은 돈을 받을 만큼 가치 있는 일인가 말이다. 인간이 죽고 사는 문제도 아닌데. 맞다. 너무 부러워서 억지를 부리는 거다. (수많은 야구팬께 사죄드립니다, 야구 최고!) 어쨌거나. 연예인이나 운동선수는 즐거움을 주는 직업이다. 현대사회에서는 '오락'을 제공하는 사람이 돈을 잘 번다. 생존과 직접적으로 관련 없을 것 같은 엔터테인먼트 시장에 돈이 많이 모인다는 건 사람들이 거기에 돈을 많이 쓴다는 얘기. 그만한 가치가 있다고 여기는 거다. 인생이 얼마나 재미없으면 재미에 막대한 돈을 써가며 살겠나. 우리는 이미 알고 있는지도 모른다. 재미가 없으면 이 지루한 인생을 버틸 수 없다는 걸. 재미는 곧 생존의 문제다. 그래서 하루빨리 노잼 시기를 벗어나고 싶어한다.

인터넷에 검색하면 노잼 시기 극복 방법에 대한 글이 쏟아진다. 하지만 뭘 또 극복씩이나 싶다. 노잼을 좋아하는 건 아니지만 딱히 이게 잘못됐다고 생각하지 않는다. 인생은 원래 재미없는 거다. 재미는 커녕 고달픈 쪽에 가깝다. 변화는 더디고 일상은 대개 반복이다. 죽을 때까지. 그러니까 노잼 시기는 삶의 본질에 더 가깝다고 할 수 있다.

재미있게 살면 좋겠지만 재미가 없다고 해서 크게 잘못된 것은 아니다. 더구나 이 재미없는 시기가 오래가지 않을 것을 이제는 안다. 인생이 우리를 이대로 가만둘 리 없다. 가장 가능성 높은 시나리오는 머지않아 골치 아픈 문젯거리가 생기면서 노잼 시기가 끝나는 것이다. 스트레스 받고, 화를 내고, 문제를 수습하느라 정신없이 살다 보면 재미 같은 걸 생각할 겨를이 없다. 바꿔 말하면 노잼 시기는 재미가 없는 시기이기도 하지만 큰 문제가 없는 시기이기도 하다. '무풍지대'라고 해야 할까, 아님 '림보'라고 해야 할까. 큰 재미도 큰 고통도 없는 무(無)의 세계. 살면서 이런 시기가 있는 것도 나쁘진 않을 듯하다. 계속 파도만 있으면 어떻게 사나, 쉬어가기도 해야지. 인생은 언제나 오르락내리락을 반복하는 것이고 저 밑바닥의 고통스러운 시기에 비하면 노잼 시기는 꽤 괜찮은 시기에 속한다.

노잼 시기는 어떤 중요한 목표를 이룬 후에 주로 찾아오는 듯하다. 예를 들면 대학 합격, 취업, 결혼 등 큰 고비를 넘긴 후 반복되는 일상을 살게 되면서 회의감이 드는 것이다.

나는 이게 섹스 후에 찾아오는 우울함과 비슷하다고 느낀다. 속된 말로는 '현자 타임'이라고도 부른다. 욕구가 해소된 후에 이전까지의 열정이나 흥분이 사그라들고 평정심, 무념무상, 허무함과 같은 감정이 찾아오는데 이런 마음이 욕망에서 벗어난 현자 같다고 하여 현자의 시간이라 부른다. 노잼 시기는 현자 타임이다. 그동안 목표에, 재미에, 혹은 고통에 가려져 보이지 않던 인생의 본모습을 자각하는 시간이다. 우리는 그때서야 묻는다.

왜 사는 걸까?
이렇게 계속 살아도 괜찮은 걸까?
내가 원한 것이 진짜 이것이었나?
그럼 내가 진짜 원하는 건 뭐지?

행복한 자는 질문하지 않는다고 했다. 지금 문제가 있는 자들만이 질문을 한다. 어찌 보면 마땅한 답이 없는 질문이지만 이런 질문을 통해 우리는 성장한다. 방향을 정하고 길을 찾아야만 또 나아갈 수 있다. 인생의 의미나 재미 역시 스스로 찾아야 하고 누가 정해줄 수 없는 문제. 우리는 모두 자기 생의 철학자가 되어야 한다. 자, 현자가 될 시간이다.

아들, 할많하않

드라마를 보다 보면 이런 주인공이 종종 등장한다. 자신이 하고 싶은 일은 따로 있는데 부모님의 강요로 회사를 물려받는다거나 의사가 된다거나 하는 주인공들 말이다. 극이 절정에 다다를 때쯤 오열하며 부모에게 소리치는 장면이 나와주는 게 수순이다.

"저는 어머니의 꼭두각시가 아니에요!"

누군가의 기대에 맞춰 산다는 건 자유가 없는 감옥에서 사는 것과도 같다. 답답한 주인공의 심정이야 백번이라도 이해가 가지만 완전히 공감은 가지 않는다. 어린아이라면 몰라도 다 큰 어른이 부모에게 끌려다니는 꼴이라니. '부모님 말씀 잘 듣는 착한 어린이'는 자연스럽지만 '부모님 말씀 잘 듣는 착한 어른'은 상당히 어색하다. 그만큼 자연스럽지 않은 일이다. 그런 이유로, 어른이라면 부모 말을 잘 들을 필요가 없다는 게 내 생각이다. 스스로 결정하고 그것에 대해 책임지는 게 어른이다. 말은 참 쉽다. 사실부모 자식 사이란 말처럼 간단하지가 않아 많은 갈등이 있기 마련이다. 진학 문제부터 취업, 결혼까지 부모의 뜻과 나의 뜻이 다를 때는 난감하기 짝이 없다.

나는 엄마로부터 진로에 대한 간섭이나 조언을 받아본 적이 없다. 엄마는 오랫동안 내 결정을 그저 묵묵히 바라만 보았다. 일반고가 아닌 상고에 진학한다고 했을 때도, 미대에 가겠다 했을 때도, 재수로도 부족해 4수까지 했을 때도, 대학 졸업 후 3년이나 집에 박혀 백수로 지낼 때도, 마흔이 넘을 때까지 결혼을 하지 않았어도, 엄마는 내게 아무런 말도 하지 않았다. 최근에야 이것이 얼마나 큰 행운인지 알게 되었다. 보통의 부모 같으면 난리가 나도 몇 번은 났을 거다. 하루는 궁금한 마음에 엄마에게 물었다.

"엄마는 왜 나한테 이렇게 해라, 저렇게 해라, 하지 않았어?"

돌아온 엄마의 대답은 간단했다. "네가 말한다고 들어처먹을 놈이냐?" 음, 반박 불가로군요. 아마 엄마가 뭐라 해도 나는 내 맘대로 했을 놈이다. 그래도 부모 된 입장에서 어찌 하고 싶은 말이 없었으랴. 하고 싶은 말은 많지만 꾹꾹 눌러 담았을 엄마의 마음을 어렴풋이 알고 있다. 엄마는 자식들에게 늘 미안해했다. 가난 탓에 많은 걸 해주지 못해서. 내가 이리저리 치이며 인생의 쓴맛을 볼 때도 엄마는 자기가 많이 못해줘서 저렇다고 여겼을 것이 분명하다. 그래서 엄마는 말 대신 침묵을 택했는지도 모른다. 미안함을 목구멍으로 삼키며.

나는 엄마가 미안해하지 않아도 된다고 생각한다. 우리 남매를 버리지 않고 키워줘서 얼마나 고마운지 모른다. 나 같으면 버려도 열 번은 더 버렸다. 내가 초등학생이었을 무렵, 매일 싸우고 얻어맞는 삶이 지긋지긋했던 엄마는 가출을 했다. 엄마가 집을 나간 지 사흘인가 나흘이 지났을 때 술 취한 아버지는 자식들에게 엄마를 찾아오라고 소리를 질렀다. 그 어린아이들이 어딜 가서 엄마를 찾는단 말인가. 그래도 흉내는 내야 하니 집을 나섰다. 어디로 가야 할지 몰라 동네를 서성거리다 생각했다. 엄마가 돌아오지 않으면 좋겠다고. 엄마가 너무도 필요한 어린 나이임에도 그렇게 생각했다. 엄마가 새로운 삶을 살았으면 했다. 이런 지옥에서 엄마만이라도 부디 탈출하길 바랐다.

그런데 엄마는 돌아왔다. 자식들을 도저히 버릴 수 없던 엄마는 그 후로도 팍팍한 삶을 견디며 우리를 키웠다. 만약 엄마가 우리를 버리고 떠났다면 우리 남매는 조금 다른 삶을 살게 되었을 거다. 그나마 내가 사람답게 살 수 있는 건 엄마 덕분이다. 그런 엄마에게 늘 고마움을 느낀다. 너무 고마워서 엄마가 내게 어떤 부탁을 했더라면 설령 그것이 내가 원하지 않은 길이라도 엄마가 하라는 대로 했을지도 모른다. 하지만 엄마는 내게 그 어떤 부탁도 조언도 하지 않았다. 내가 마음껏 실패하고 좌절할 수 있도록, 그리고 스스로 길을 찾도록 말을 아꼈다. 그래서 지금의 내가 있다.

가끔은 쓸데없는 상상을 해본다. 우리 집이 엄청난 부와 권력을 가진 집이었다면 어땠을까 하고. 그랬다면 당당히 내게 요구하는 엄마의 모습을 볼 수도 있었을까? 나의 의사와는 상관없이 내 진로를 정하는 엄마. 당연히 결혼할 사람도 엄마가 정해준다. 나는 그런 엄마를 거역하지 못한다. 엄마에게 인정받고 싶으니까, 엄마를 기쁘게 하고 싶으니까. 지금 누리는 것들을 포기할 수 없고 재산도 물려받아야 하니까. 그러니 어떡해, 그냥 꼭두각시처럼 엄마가 원하는 삶을 사는 수밖에. 미국에 건너가 MBA 과정을 마친 후 한국에 돌아와 엄마 회사에서 이사직을 맡아 실무를 익히는 아주 고리타분하고 재미없는…… 응? 좋은데?

그런데 다른 건 몰라도 지금처럼 엄마를 좋아하진 않을 것 같다. 엄마에겐 미안하지만, 엄마가 내게 별다른 간섭을 하지 않아서 좋다. 내 마음대로 살 수 있어서 좋다. 하고 싶은 걸 다 하며 살았다는 얘기가 아니라, 적어도 내가 선택하고 거기에 책임을 지며 살았기에 남에 대한 원망은 없다. 가난에도 좋은 점이 있다. 이것도 내 복이다.

모든 것이
변해가네

음악 없인 살 수 없다고 생각했던 때가 있었다. 음악은 국가가 허락한 유일한 마약, 뭐 대충 그런 느낌. 음악은 나를 설레게 했다. 어딜 가든 음악과 함께였다. 하루 종일 귀에서 이어폰을 빼지 않았고, 좋아하는 노래만 담은 나만의 플레이리스트가 있었다. 그랬던 내가 변했다.

지금도 음악을 즐겨 듣지만 예전처럼 열성적이진 않다. 노래에 관심이 떨어져서 요즘 인기 있는 노래도 아티스트도 잘 모른다. 그래도 일을 할 때 음악이 없으면 허전하다. 요즘은 시끄러운 음악을 잘 못 들어서 잔잔한 재즈나 씨티팝을 들으며 작업을 한다. 물론 내가 선곡한 게 아니고 유튜브에 있는 플레이리스트를 그냥 재생한다. 나만의 플레이리스트가 사라진 지 오래다. 얼마 전엔 노동요로 틀어놓은 음악이 소음처럼 느껴져 꺼버리고 말았다. 그날은 아무 소리도 없는 고요한 정적 속에서 일했다. 그런 내가 낯설었다. 영원할 것 같던 음악에 대한 사랑이 식을 거라고는 생각도 못했다. 사랑이 어떻게 변하니?

그때는 몰랐다. 모든 것이 변한다는 사실을. 계절은 바뀌고, 뜨거운 것은 식고, 젊은 것은 늙는다. 나이가 들면 좋아하던 것들도 시큰둥해진다. 비단 음악만 그런 게 아니다. 모든 것에 감흥이 덜하다. 나이가 들면 젊을 때처럼 두근거리는 일이 적어진다. 신체가 노화하면서 새로운 자극을 받아들이고 이해하는 능력이 떨어진다. 세상은 너무 빨리 변하고 새로운 것들은 쉴 새 없이 쏟아지고, 솔직히 이젠 따라가기 벅차다. 나이가 든다는 건 아무리 좋은 쪽으로 생각해보려 해도 서글프다.

그렇다고 억지로 예전의 열정을 되살리려는 노력은 어쩐지 처량하다. 그것은 극복해야 할 무언가가 아니라 자연스러운 흐름 아닐까. 지나간 것은 지나간 것. 내게 찾아온 변화를 담담히 받아들이는 중이다. 하루는 버스를 타고 이동하다가 뒷자리에 앉은 중학생들의 대화를 듣게 되었다.

"아, 진짜 맛있는 거 먹고 싶다."

"봉구스 밥버거?"

"그래! 봉구스 밥버거."

전혀 예상치 못한 메뉴에 웃음 터져 나와 참느라 혼났다. 세상에 맛있는 게 얼마나 많은데 그걸 다 제치고 봉구스 밥버거가 1등이라니, 너무 귀여워. 중학생이라면 그럴 수 있지. 나 역시 그 나이 땐 어른들이 좋아하는 음식들이 맛없다고 느끼지 않았던가. 봉구스 밥버거를 좋아하는 중학생들이 앞으로 맛보고 좋아하게 될 수많은 음식이 떠올라 입가에 웃음이 떠나질 않았다. 입맛도 변하고 좋아하는 것도 변하겠지. 흔히 '변했다'를 나쁜 의미로 받아들이지만, 변화가 나쁘기만 한 것일까. 나는 변하지 않는 사람이 더 이상하다고 생각한다. 오랜 세월이 지나도 변하지 않았다는 것은 성장하지 않았다는 얘기도 되니까. 변하는 건 자연스러운 것이다.

다시 음악 얘기로 돌아와서, 그럼 이제 나는 음악을 좋아하지 않는 것일까? 나는 한 치의 망설임도 없이 대답할 수 있다. 여전히 음악을 좋아한다고. 예전만큼 빠져 있지 않지만, 신경 써야 할 다른 것들이 많아져서 우선순위가 바뀌었지만, 음악은 여전히 내 삶에 큰 자리를 차지하고 있다. 우연히 라디오에서 흘러나오는 (한때 좋아했지만 완전히 잊고 있던) 노래를 들을 때면 추억에 잠겨 눈을 감는다. 음악은 여전히 나를 울게 하고 웃게 한다. 음악이 없는 카페와 술집은 생각도 하기 싫다. 흥겨운 음악이 들리면 나도 모르게 몸을 들썩이고, 어쩌다 좋은 노래를 발견하면 마치 보물을 발견한 것처럼 기쁘다. 뜨겁진 않아도 여전히 사랑하고 있다.

사람과의 사랑도 마찬가지 아닐까. 뜨거운 것은 반드시 식는다. 누군가는 그것이 예전 같은 두근거림이 없는 권태라고 말한다. 하지만 식었다는 것이 사랑이 끝났다는 걸 의미하지 않는다. 뜨거운 것만 사랑이 아니다. 은은하고 요란스럽지 않게, 서로에게 화상을 입히지 않는 적당한 온도를 유지하는, 편안함과 평온함이 있는 사랑도 있다. 그 온도를, 그 자연스러운 변화를 받아들이지 못하면 관계는 끝이 난다. 두근거림을 원한다면 다른 사랑을 찾아 떠나는 수밖에 없다. 그것도 나쁘지 않지만, 그 사랑도 식는다는 데 내 오른쪽 손목을 걸…… 필요까진 없겠지?

아, 최근에야 봉구스 밥버거를 먹어봤는데, 생각보다 맛있어서 너무 놀랐다. 중학생뿐 아니라 아저씨도 반한 맛!

봐도 봐도
질리지가 않아

어떤 영화는 한 번 본 것으로 충분하다. 분명 좋은 영화임에도 다시 보고 싶다는 생각은 잘 안 든다. 반면 어떤 영화는 계속 생각난다. 잊힐 만하면 또 보고 싶어지는 그런 영화가 있다. 완성도나 별점 같은 것과는 상관이 없다. 그냥 마음이 시키는 거다. 내가 자주 꺼내 보는 영화는 〈러브레터〉, 〈첨밀밀〉, 〈중경삼림〉, 〈화양연화〉, 〈이터널 선샤인〉…… 응? 적다 보니 이거 죄다 사랑 영화다. 내가 이렇게 사랑 이야기를 좋아했나? 내가 가장 좋아하는 장르는 스릴러와 범죄 영화라 생각했는데 어쩌면 아닐 수도 있겠다. 내 진짜 취향은 이쪽(?)이었어. 몰랐던 나의 취향을 이렇게 알아간다.

같은 영화를 반복해서 보는 일은 기이한 경험이다. 이미 내용을 다 안다고 생각했는데 볼 때마다 '이런 내용이었어?' 하는 순간이 있다. 이 몹쓸 기억력. 나는 자꾸만 잊어버리고, 사라져가는 기억을 붙잡으려 영화를 리플레이하는지도 모른다. 기억. 옛날 영화를 보다 보면 여러 가지 기억이 떠오른다. 마치 타임슬립을 하듯, 그 영화를 처음 봤던 시절로 미끄러져

들어간다. 생각지도 못했던 그때의 기억들이 피어나
잠시 딴생각에 잠기기도 한다.

지금은 가장 좋아하는 영화 중 하나가 됐지만, 왕
가위 감독의 〈화양연화〉를 처음 봤을 때는 그저 그
랬다. 그 영화를 개봉한 해가 아마 2000년도였을 거
다. 당시 20대 초반이었던 나는 이 영화에 기대가
컸다. 왕가위 감독의 영화를 좋아하는 데다 장만옥
과 양조위가 주인공이니 어찌 안 볼 수가 있겠나. 이
건 무조건 봐줘야 하는 영화였다. 영화를 먼저 본 평
론가들도 극찬을 아끼지 않았다. 역시, 좋은 영화가
분명하군. 큰 기대를 안고 극장으로 달려갔다. 그리
고 적잖이 실망했다.

'영상만 아름답지 내용은 형편없잖아!' 그때는 그
렇게 생각했다. 리첸(장만옥)과 차우(양조위)에겐 각
각 배우자가 있다. 그러던 어느 날, 그 둘은 그들의
배우자끼리 눈이 맞아 바람이 났다는 사실을 알게 된
다. 보통 그 상황이 되면 집에 돌아가 배우자에게 화
를 내고 따져야 정상이 아닌가. 그러나 둘은 그러지

않는다. 잘못은 저들이 했는데 리첸과 차우는 자신들의 배우자를 이해해보려고 노력한다. 자신들의 배우자가 어떻게 처음 만나고 연인으로 발전했는지 상상해보고 그것을 연기하면서 말이다. 기이한 연대가 시작된다. 그렇게 자주 만나 시간을 함께하다가 리첸과 차우 역시 사랑에 빠지게 된다. 그 후로 어떻게 됐냐고? 아무 일도 일어나지 않는다. 둘은 선을 넘지 않고 더는 만나지 않기로 한다. 서로 사랑하는 게 분명한데, 본인들도 그걸 아는데, 그냥 헤어지고 마는 이야기라니. 물론 두 사람이 각자 가정이 있는 유부녀, 유부남이었다는 입장이야 이해하지만 사랑한다면 좀 더 용기를 내야 하지 않는가. 그게 진짜 사랑이지 않은가. 각자의 배우자에게 복수하기 위해서도 이 사랑을 완성하는 게 좋지 않으냐 말이다. 제대로 된 로맨스 영화라면 헤어졌다가 뒤늦게 자신의 잘못을 깨닫고, 용기 내어 갑자기 도로 위를 질주해서, 마침 멀리 타국으로 떠나려는 상대를 붙잡는 것으로 끝이 났어야 했다. 당시의 나는 그런 명쾌한 결말을 좋아했다.

그러나 이 영화의 주인공들은 그러지 않는다. 배우자에게 따질 용기도, 새로운 사랑을 쫓을 용기도 없는 그들의 사랑 이야기는 속 터지고 지루했다. 그렇게 〈화양연화〉는 별로인 영화로 내 기억 속에 남았다. 10여 년의 시간이 흐르고 우연히 TV에서 〈화양연화〉를 다시 보게 됐다. 딱히 볼 것도 없었고 맥주를 마시며 시간이나 죽일 생각이었다. 화면에 시시한 사랑 이야기가 다시 펼쳐졌다. 그걸 멍하니 지켜보던 나는 그만 울고 말았다. 응? 눈물이라니. 이건 전혀 예상치 못한 전개였다. 이야기는 하나도 변하지 않았는데 그때는 화가 났고 지금은 눈물이 나다니. 세월이 흘러 다시 본 〈화양연화〉는 완전히 다른 영화였다. 주인공들의 감정 하나하나가 느껴졌다. 다가서지 못하는 마음이 어떤 것인지 너무도 잘 알아 눈물이 났다. 어떻게 둘 사이에 아무 일도 일어나지 않았다 생각했었을까. 이렇게나 많은 감정이 회오리치고 있는데.

"절대. 절대로 선을 넘지 말아야 해요. 우리는 그들과 달라요."

흔히 모든 것을 뛰어넘는 것이 진짜 사랑이라 생각하지만 때론 사랑보다 더 중요한 것도 있다는 것을, 아니, 선을 넘지 않음으로 지켜지는 사랑도 있다는 것을 안다. 불륜이란 이름으로 사랑을 더럽히지 않기 위해. 그들과는 다르다는 걸 증명하기 위해. 어쩌면 그냥 용기가 없었던 걸지도 모른다. 하지만 그 망설임조차 아름다운 까닭은 무엇일까.

향수를 만들 때 '인돌'이라는 화합물을 넣는다. 인돌은 아주 불쾌한 냄새를 가지고 있다. 무언가가 썩는 냄새라는 이도 있고, 똥 냄새라는 이도 있다. 나도 맡아봤는데 아휴, 아무튼 유쾌하지 않은 향인 것만은 분명하다. 그런데 이런 걸 향수에 넣는 까닭은 무엇일까. 신기하게도 이 인돌을 묽게 희석해서 향수에 섞으면 평범했던 향이 생생한 향으로 변한다. 인돌을 넣기 전 향이 그냥 꽃향기라면, 인돌을 넣은 후엔 진짜 살아 있는 꽃의 향기처럼 느껴진다. 악취가 생생함을 더한다는 사실은 곱씹어볼 만하다.

20년 전의 나와 지금의 나. 그사이 나는 좀 변했다.

전엔 이해하지 못했던 감정을 이해할 만큼 풍성해졌다. 내 뜻대로 인생이 잘 풀리기만 했다면 아마 이 영화를 영원히 이해하지 못했을지도 모른다. 수많은 좌절, 이별, 후회, 아픔, 분노, 죄책감…… 결코 유쾌하지 않았던 경험들이 더해져 진짜를 알아보게 된 내가 있다. 겪을 당시엔 불필요하다고 생각했던 것들이 내 삶을 생생하게 살아 있게 한다.

모든 역경을 이겨내고 결국 둘이서 영원히 행복하게 살았습니다, 같은 스토리에 더는 감동하지 못한다. 그건 언제 봐도 기분 좋은 결말이지만 왠지 판타지 같은 느낌이다. 내가 아름답다고 생각하는 이야기는 서성이고, 망설이고, 후회할 걸 알면서도 결국 돌아서서 가슴에 묻어두는, 그런 이야기다. 그런 이야기에선 진짜의 향기가 난다. ¶

내가 감당할 수 있을 정도만

살림을 하다 보면 자연스럽게 세간살이가 늘어난다. 얼마 전, 빨래건조기를 샀다. 돈도 없고 굳이 필요할까 싶어 오랫동안 구매를 미뤄왔는데 써보니 이것은 신세계. 이젠 빨래건조기가 없는 삶은 상상할 수 없다. 아주 잘 샀다. 확실히 살림을 하나씩 늘려가는 재미가 있다. 이것도 일종의 발전이니 뿌듯하다. 그런데 어쩐 일인지 마냥 기쁘지만은 않다. 살림이 늘어갈수록 불안함도 함께 커진다. 특히나 부피가 큰 가구나 가전을 사면 더더욱 그런 마음이 든다.

맘에 드는 옷을 보았을 때도 망설인다. 망설이는 가장 큰 이유는 가격이지만 가격이 전혀 문제가 안되는 상황에서도 쉽게 옷을 사지 못하고 한참을 고민한다. 옷이 많아지는 게 싫어서다. 결국 유혹을 이기지 못하고 옷을 산다면, 집에 있는 옷 중 잘 입지 않는 것을 버려서 일정한 양을 유지해야 마음이 놓인다. 도대체 왜 이러는 걸까.

소유한 것들이 많아질수록 좋은 동시에 마음 한구석이 불편하다. 이 많은 것들을 내가 계속 유지할 수 있을까, 나중에 상황이 안 좋아져 더 좁은 곳으로 이사를 가야 하면 어쩌지, 깊은 곳에 자리 잡은 두려움이 내가 마음껏 질주하지 못하도록 브레이크를 건다. 이런 것도 미니멀리즘이라 할 수 있을까. 아니다. 이렇게 궁상맞은 미니멀리즘이 어딨어. 생각해보면 많이 소유하지도 못한 주제에 이러는 게 어이가 없다. 그냥 작은 거다. 그릇이 작다.

물건에 대한 내 태도가 미니멀리즘인지 아닌지는 헷갈리지만, 확실히 미니멀리즘을 추구하는 분야가 있기는 하다. 바로 인간관계. 인간관계는 적으면 적을수록 좋다는 확고한 신념이 있다. 물론 이것은 진리도 뭣도 아니다. 그냥 내가 그렇게 산다는 얘기다. 처음부터 이랬던 건 아니다. 대한민국 사회에서 인맥은 재산이 아닌가. 나 역시 재산을 늘리려 애쓰던 시절이 있었다. 누군가는 인맥을 통해 더 넓은 세계를 만나고 새로운 기회를 얻기도 하겠지만 나는 별로 재미를 못 봤다. 오히려 스트레스만 쌓여갔다. 이것 역시 그릇이 작은 탓일까. 다 담지도 못할 관계들을 유지하느라 힘들었다. 왜 그러고 살았을까. 생각해보면 나는 도움 받는 것도 싫고 주는 것도 싫어한다. 가능하면 안 주고 안 받자는 주의다. 애초에 인맥을 이용할 생각도 없으면서 혹시 모르니까 하는 마음으로 관계를 맺고 유지하려 에너지를 많이 썼다. 이래저래 피곤한 일이다.

"알아두면 좋은 사람이야"

요즘도 누군가를 소개받을 때면 이런 소리를 듣는다. 예전 같으면 그 말이 신경 쓰였을 테지만 이제는 속으로 이렇게 생각을 한다.

'어쩌라고.'

알아두면 좋은 사람, 도움이 될 사람이니 잘 보이라는 얘긴가. 싫다. 예의를 갖추지만 쓸데없이 굽신거리지 않는다. 여러 경험으로 미루어봤을 때, 그렇게 소개받은 사람과 연락할 일도, 도움 받을 일도 없다는 걸 알고 있다. 누구의 도움도 필요 없다는 오만함이 아니라, 도움을 목적으로 사람을 저축해두지 않는다는 얘기다. 나는 가능성과 기회로 이어진 넓은 세계보다 스트레스가 적은 우물을 원한다. 역시 그릇이 작다.

작거나 말거나, 사람은 생긴 대로 사는 게 자연스럽다. 내겐 이게 맞다. 내게 인간관계는 늘 어려운 숙제였다. 어려우니까 적당히 하기로 했다. 인간관계에 많은 시간과 에너지를 쏟으며 힘들어하느니 외톨이가 되겠다는 담담한 마음으로 산다. 그런 마음으로 살면 인간관계에 크게 휘둘리지 않게 된다. 요즘 인간관계에 필수라는 '카톡'도 쓰지 않는다. 여기저기서 카톡 좀 깔라는 소리를 듣지만 여전히 깔 생각은 없다. 이유는 간단하다. 피곤해서. 필요 이상으로 사람들과 연결되어 있는 느낌은 피곤 그 자체다.

이런 식으로 살다간 인간관계가 다 끊길지도 모르겠다. 뭐 그렇게 된다고 해도 어쩔 수 없다. 자업자득이니까. 좀 이기적으로 들릴 걸 알지만 나는 내가 먼저다. 그러고 나서 관계가 있다. 내가 바로 서지 못하면 관계는 무의미하다. 나부터 살고 봐야 하지 않겠나. 내가 힘든 관계라면 굳이 이어갈 필요가 있을까. 무리를 해야만 이어질 관계라면 끊어지는 게 좋다고 생각한다. 확실히 권하고 싶은 삶의 방식은 아니다. 이렇게 글로 적고 보니 좀 밥맛이다. 이런 밥맛인 인간 곁에 있어주는 사람들이 고마울 뿐이다. 아무리 쿨한 척을 해도 진짜 혼자 살 수 있을 거라 생각하지도, 그러길 원하지도 않는다. 인간관계에 서툰 못난 인간이라 이런 극약처방을 내리면서 사는 거다.

그릇이 작으니 많이 담지 않아야 넘치지 않는다. 물건이든 사람이든 넘치는 건 괴로움이다. 소박하게, 분수에 맞게 살고 싶다. 비워내고 가볍게 살고 싶다. 그나저나 식기세척기가 그렇게 편하다던데 써보신 분들 정말 좋나요? 아아, 인간의 욕심은 끝이 없다.

자기만의
방구석

내가 본가로부터 독립했을 때 나이가 서른 중반이었다. 늦었다면 늦은 나이, 그만큼 오랫동안 꿈꾸던 독립이라 설레었다. 아, 드디어 나만의 공간이 생기는 것인가.

그때까지 나는 '내 방'을 가져본 적이 없었다. 그건 다른 식구들도 마찬가지여서 우리 가족 누구도 자기 공간을 가지지 못했다. 작은 집에 살면 프라이버시는 사치다. 모든 곳이 공용이며 오픈이다. 그렇게 살다 보니 누구에게도 방해받지 않는 나의 공간, 문을 걸어 잠그고 숨을 수 있는 피난처에 항상 목이 말랐다.

서울을 떠나 인천의 작은 오피스텔로 이사를 하던 날 조금, 감격했다. 비록 월세지만 내 힘으로 공간을 얻었다는 게 스스로 대견했다. 모든 게 더딘 나라서 이 작은 방구석을 얻는 데 참으로 오래 걸렸구나. 감격도 잠시, 내겐 해결해야 할 커다란 숙제가 있었다. 그건 바로 인테리어. 오랫동안 내 공간을 꿈꾸며 그려오던 모습이 있었다.

"내 공간이 생기면 예쁘게 꾸밀 거야. 나만의 취향으로 가득 채워야지."

인터넷에서 맘에 드는 인테리어 사진을 볼 때마다 나중에 참고할 요량으로 저장해두곤 했다. 이제 그것들이 빛을 발할 때다. 누구에게도 지지 않을 멋진 공간을 만들 생각이었다. 계획은 그랬다. 필요한 가구와 집기들을 물색하면서 계획은 무참하게 찢겨나갔다. 혼자 사는 데 필요한 물건은 다섯 식구가 사는 데 필요한 물건과 크게 다르지 않다는 걸 알게 됐다. 사야 할 물건이 너무 많았다. 작은 그릇부터 조리도구, 각종 가전제품, 옷걸이, 가구, 침구, 빨래건조대, 커튼…… 끝이 없었다. 한 사람이 생존하는 데 이렇게 많은 것들이 필요할 줄이야. 항상 부족하다고만 생각했는데 그동안 내가 다 갖춰진 상태에서 살아왔다는 사실을 비로소 깨달았다. 이제 나는 빈손. 하나부터 열까지 다시 채워야 했다.

예산이 턱없이 부족했다. 눈만 높아서 맘에 드는 물건들은 죄다 비쌌다. 주제도 모르고 '디터 람스'의

가구를 탐하다니. 내가 살 수 있는 가구는 저렴한 조립식 가구가 전부였다. 침대 살 돈도 없어서 그냥 매트리스만 바닥에 놓고 지냈다.

그놈의 돈이 문제다. 누구나 좋은 취향을 가질 수 있다. 그러나 그 취향을 드러낼 수 있느냐는 전혀 다른 영역의 문제다. 내가 산 물건들은 진짜 내 취향은 아니었다. 내 취향이 아닌 그릇을 사고, 내 취향이 아닌 옷걸이를 사고, 내 취향이 아닌 가구를 샀다. 어쩔 수 없는 선택이었다. 이상을 실현하기 위해 은행을 털 수는 없지 않은가. 그러니 내 취향이 구리다고 비웃지 마시길. 인생 최초의 인테리어를 진행하며 나는 어떤 결론에 이르렀다.

인테리어는 타협이다.

정말 타협의 연속이었다. 많이 내려놓고 많이 비웠다. 인테리어뿐 아니라 우리 삶도 이와 비슷한 구석이 있다. 이상과 현실 사이에서 항상 갈등하게 되니까 말이다.

영화 〈프란시스 하〉의 주인공 프란시스는 스물일 곱 살의 뉴요커다. 그녀의 꿈은 성공한 무용수가 되 어 '세상을 정복하는 것'이지만 현실은 정식 무용수 가 되지 못한 가난한 연습생이다. 그녀에겐 미안한 얘기지만 꿈은 거대한데 재능은 좀 없어 보인다. 아 니나 다를까 연습생에서도 잘린다. 이제 정말 설 곳이 없다. 마침 자리가 비었으니 무용단 사무직으로 일해 보는 건 어떻겠냐는 연출가의 제안을 받지만 단칼에 거절하는 그녀. 자존심이 상할 법도 하다. 댄서가 꿈인 사람에게 사무직을 권하다니.

프란시스는 영화 내내 거처를 옮긴다. 궁핍한 주머 니 사정 때문이다. 셰어하우스에서 살기도 하고, 고 향 부모님 집에 잠시 머무르기도 하고, 자신이 졸업 한 대학의 기숙사 방을 얻어 지내기도 한다. 정착하 지 못하고 떠도는 모습이 마치 청춘의 불안함을 시각 화한 것 같다. 내가 있을 곳은 어디인가. 정해진 것이 없어 모든 것이 혼란한 젊음의 한복판. 그녀는 자신 이 머무를 곳을 찾을 수 있을까.

영화의 마지막, 프란시스는 결국 무용단의 사무

직 자리를 받아들인다. 무용수의 길은 포기(?)했지만 안무가로서 자신의 작품을 무대에 올리기도 한다. 그리고 집을 구한다. 누구와도 나눠 쓰지 않고 눈치 볼 필요 없는 자기만의 방을. 비로소 자신이 있을 곳을 찾은 듯 행복한 표정으로 방을 둘러보던 그녀는 종이에 자신의 이름을 적는다.

FRANCES HALLADAY

우편함에 이름을 쓴 종이를 꽂으려는데 자리가 좁자 무심하게 종이 뒷부분을 접어 길이를 맞추는 그녀. 그렇게 우편함에 'FRANCES HA'라는 이름이 꽂힌 채 영화는 끝이 난다. 영화의 제목이 왜 '프란시스 하'인지 밝혀지는 엔딩을 보고 있자니 여러 가지 감정이 밀려왔다.

어찌 이것을 실패라 부를 수 있을까. 이 이야기는 실패담이 아닌 성장담이다. 우리 모두가 겪었고 겪어야 하는 성장. 온전히 자신이 바라는 모습이 아닐지라도, 잘린 이름처럼 반쪽짜리 모습일지라도 괜찮

다. 때론 주어진 틀(현실)에 자신을 맞춰가는 유연함
도 필요한 것임을. 자신의 자리는 그렇게 타협하며
만들어가는 게 아닐까.

다시 인테리어 얘기로 돌아와서, 내 이상과는 거
리가 먼 모습의 방을 둘러보며 든 생각은 '나쁘지 않
네.'였다. 어찌 됐든 이 어설프고 아늑한 곳이 앞으로
내가 살아갈 공간이었다. 즐거운 곳에서는 날 오라
하여도 내 쉴 곳은 작은 집 내 집뿐이네. 오 사랑 나
의 방구석. 나 역시 프란시스처럼 한 뼘쯤 성장한 것
같았다. 그러고 보니 '프란시스 하'와 나는 공통점이
있다. 그녀의 이름이 철자가 생략되어 온전한 이름
이 아니듯 내 이름 '하완' 역시 본명에서 한 글자가
빠진 이름이다. 뭐 그냥 그렇다고요. ¶

저는 측면이 좀 더 낫습니다만

수정증보판 1쇄 찍음 2023년 11월 13일
수정증보판 1쇄 펴냄 2023년 11월 20일

글·그림 하완

편집 김지향 황유라 정예슬
교정교열 안강휘
디자인 김혜수 this-cover
미술 김낙훈 한나은 이미화
마케팅 정대용 허진호 김채훈 홍수현 이지원 이지혜 이호정
홍보 이시윤 윤영우
저작권 남유선 김다정 송지영
제작 임지헌 김한수 임수아 권순택
관리 박경희 김도희 이지은 김지현

펴낸이 박상준
펴낸곳 세미콜론
출판등록 1997. 3. 24. (제16-1444호)
06027 서울특별시 강남구 도산대로1길 62

대표전화 02-515-2000 **팩시밀리** 02-515-2007
편집부 02-517-4263 **팩시밀리** 02-515-2329

ISBN 979-11-92908-59-5 03810

세미콜론은 민음사 출판그룹의
만화·예술·라이프스타일 브랜드입니다.
www.semicolon.co.kr

트위터 semicolon_books
인스타그램 semicolon.books
페이스북 SemicolonBooks
유튜브 세미콜론TV